밀밭에서 빵을 굽다

·· 좌충우돌 빵덕후의 동네빵집 운영기 ··

밀밭에서 빵을 굽다

이성규

인문공간

Chapter 1

왜 하필 빵집이야?

Chapter 2

빵집을 준비하다

Chapter 3

빵집을 열다

Chapter 4

러시아의 추억

Chapter 5

우리밀을 만나다 _밀에 대한 경외감

Chapter 6
나의 빵

Chapter 7
빵 플랫폼 '더베이킹랩'

Chapter 1

왜 하필 빵집이야?

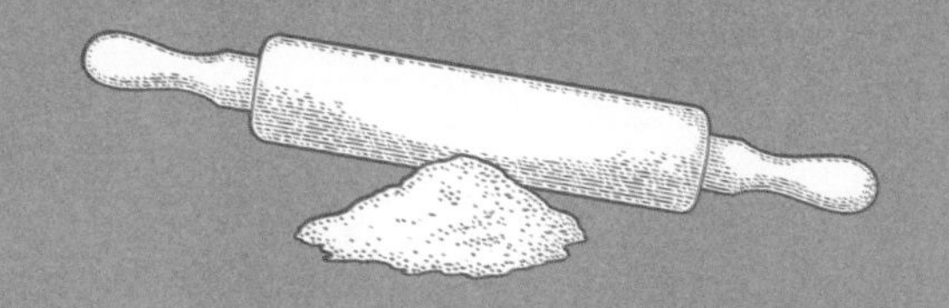

이 이사, 그깟 빵집
내가 하나 차려 줄게

2016년 12월 초 회사 대표님의 사무실 문을 열고 들어갔다. 하고 싶은 말이 있었다. 하지만 선뜻 말을 꺼낼 수가 없었다. 이리저리 말을 돌리는 나를 한동안 바라보던 대표님은 어느 순간 '너 하고 싶은 말 있는 거 다 아니 이제 말을 꺼내 봐라'하는 표정을 지으셨다. 이때다 싶었다.

"사장님, 저 회사 그만두겠습니다."

순간 대표님의 얼굴이 굳어졌다. 그리고 물으셨다.

"회사를 그만 둔다고? 이 중요한 시기에?"

한동안 침묵이 흘렀다. 충격이 커 보였다. 그는 다시 말문을 열었다.

"그래 회사 그만 두고 뭐 하려고?"

"조그만 빵집을 하나 열어보려고요."

"빵집? 이 중요한 시기에 회사를 그만두고 빵집을 한다고?"

"네. 더 늦기 전에 시작해 보려고요."

너 참 한심하다는 표정이 그의 얼굴을 스쳐 지나갔다. 그리고 한마디를 던졌다.

"이 이사, 딴 생각하지 말고 나하고 같이 5년만 더 일하자. 그깟 빵집 내가 하나 차려 줄게. 5년 후에."

나의 폭탄선언 후 사장님은 내 방 앞을 지나칠 때면 문을 열고 들어왔다. 그 때마다 떠나려는 나를 만류하였다. 하지만 나를 포기하는 데는 며칠이 걸리지 않았다. 내가 일단 결심을 하면 맘을 잘 돌리지 않는다는 것을 누구보다 잘 아시는 사장님이 아니든가. 며칠이 지나고 사장님은 또 다른 제안을 하셨다.

"이 이사, 이 이사가 회사에서 일한 시간이 얼만데 그 많은 업무 인수인계 할 시간을 줘야 하지 않겠어? 3개월만 시간을 줘. 후임자 얼른 뽑아 업무 인수인계를 할 수 있게 할테니. 인수인계 한다고 될 수 있는 일은 아니겠지만…"

"네 그렇게 하겠습니다. 제 업무 인수인계는 성심 성의껏 하고 떠나겠습니다."

회사에선 나의 후임으로 세 명의 직원을 새로 채용하였고 나는 3개월 후 회사를 떠났다. 그렇게 난 20년의 직장생활을 끝냈다.

터널 설계 연구원, sales manager, 전략기획팀 과장, 마케팅팀장, 베이징 대표처 수석대표, 합자법인 CEO, 해외 영업팀 이사. 내가 지녔던 명함에 새겨진 나의 직책들이다. 직장생활 동안 나는 내 이름보다는 내 이름 위에 있는 직책으로 불렸고, 직책보다 더

위에 있는 회사 이름과 함께 평가되었을 것이다.

직책과 회사는 나의 든든한 뒷배였다. 회사를 떠난다는 건 그 든든한 뒷배도, 내 이름이 새겨진 법인카드도 버린다는 의미이다. 조직이 해주던 많은 일들을 모두 내가 도맡아 해야 한다는 것을 의미하기도 한다. 회사를 떠난다는 게 두려웠던 이유였다. 조그만 동네 빵집을 연 후로도 내가 포기한 것들이 종종 아쉬웠다.

그럼에도 불구하고, 난 <그깟 빵집>을 열기로 했다.

내 삶을 바꾼 책

마이클 폴란(Michael Pollan), 그와의 만남은 내 삶을 바꾸어 놓았다.

'왜 하필 빵집이었을까'라는 물음에 답하는 데 있어 빼놓을 수 없는 것이 마이클 폴란과 만남이다. 그와의 만남은《요리를 욕망하다》가 시작이었다. 2013년 말 중국에서 한국 본사로 복귀한 후 나는 이런저런 음식 관련 책들을 읽고 있었다. 그러다 우연히 만난 책이《요리를 욕망하다》이다. 마이클 폴란은 요리하는 행위가 인류에게 가치 있는 일 중 하나라는 굳은 믿음을 가지고 있다. 요리하는 행위가 이루어지는 낙농장, 양조장, 빵집, 레스토랑 주방에서 교육받으며 직접 음식을 만든 경험을 이 책에 기록하고 있다. 총 4부로 구성된 책은 고대의 4 원소, 즉 불, 물, 공기, 흙에 기대, 자연 상태의 물질이 요리라는 문화적인 형태로 변화하는 과정을 다룬다.

책 내용이 모두 흥미진진했지만 나는 <3부 공기_ 아마추어 제빵사 되기>의 내용에 더 매료되었다. 3부에서는 공기를 안으로

끌어들인 음식, 즉 빵에 대한 내용이 실려 있다. 저자는 인류 최초의 가공식품, 인류 최초의 발효식품인 빵 만들기에 도전한다. 베이커리에서 베이커의 지도 아래, 공기를 포집해 잘 부풀고 건강에도 좋은 빵을 굽는 법을 익힌다. 빵이라면 먹을 줄만 알던 초짜가 베이커리에서 좌충우돌하는 모습을 읽을 때면 입가에 미소가 돌았고, 마침내 그가 꿈꾸던 빵을 구워낸 순간엔 마치 내가 그 빵을 구워낸 듯 뿌듯하기도 하였다. 베이커리에 있는 사람이 그가 아닌 나였으면 좋겠다는 생각이 들기도 했다. 마음속에서는 나도 저런 빵을 구워 보고 싶다는 욕망이 끓어올랐다. 난 하고잡이(뭐든 하고 싶어하고 일을 만들어서 하는 일 욕심이 많은 사람)니까. 또한 3부엔 현대의 빵이 어떻게 최악의 빵으로 변해 왔는지에 대한 탁월한 분석이 담겨 있다. 그의 분석을 읽으며 어떤 빵이 건강한 빵인지 알게 되었다.

마이클 폴란은 이 책 한 권으로 건강한 음식에 대해 가르쳐 주었고 빵, 특히 건강한 빵에 대한 나의 관심을 불러일으켰다. 그리고 나는 그의 팬이 되었다.

● 음식에 관심이 있는 분들께 마이클 폴란의 다른 책들도 강력 추천한다. 《푸드 룰》, 《잡식동물 분투기》, 《세컨 네이처》, 《마이클 폴란의 행복한 밥상》, 《잡식동물의 딜레마》 등 모두 주옥같은 책들이다. 《요리를 욕망하다》는 Cooked라는 이름의 넷플릭스 영화로도 제작되었다.

채드 로버트슨Chad Robertson을 만나다

마이클 폴란의 책 3부를 다 읽기도 전에 구글에서 타르틴 베이커리를 검색했다. 생초짜 마이클 폴란이 빵을 굽던 곳이 바로 이 베이커리이고, 채드 로버트슨은 이곳의 오너 베이커다. 검색을 통해 채드 로버트슨에 대해 더 많은 것을 알게 되었다. 그는 미국의 스타 베이커였다. 그는 1990년대 시작된 아티장 브레드(artisan bread) 운동의 선봉이었다. 이 운동은 마이클 폴란이 빵품질 저하의 원인으로 지목했던 산업화된 제빵에 대한 반성에서 시작되었다. 그는 사워도우 빵의 전통을 되살려내 상업적으로 큰 성공을 거두고 있었다. 특히 그의 수분율(밀가루 대비 물의 양으로 정의하며, 수분율이 높은 빵 반죽은 끈적거려 다루기 어려우나 빵 맛은 탁월하다) 높은 사워도우 빵은 현대 제빵에 있어 최고의 혁신 중 하나로 평가받고 있다. 그런 그가 《Tartine Bread》(국내엔 《타르틴 브레드》란 이름으로 번역서가 나와있다)란 책을 썼다는 것을 알게 되었다. 아마존에서 바로 주문했고 2주 후 내 손에 책이 들어왔다.

홈베이커가 프로 베이커처럼 사워도우 빵을 구울 수 있는 방법을 제시하는 게 책을 쓴 목적이라는 그의 말에 나는 쾌재를 불렀다. '그래 바로 이거야!' 책에 소개한 제빵 법을 따라 했던 다른 홈베이커들의 실제 성공 사례는 나도 할 수 있겠다는 자신감을 갖게 했다. 보고만 있어도 군침이 도는 잘 부푼 빵 사진들은 '뭐하고 있어? 얼른 따라 하지 않고.'라며 나를 재촉했다.

책의 정수는 책의 앞쪽에 있다. 처음 40여 쪽에 자세히 소개된 단계별 사워도우 빵 제법에 대한 설명이 바로 그것이다. 나도 곧 책에 소개된 다른 홈베이커들처럼 기공이 멋지게 열리고 잘 부푼 빵을 구울 수 있을 거라는 벅찬 기대와 함께, 책을 여러 번 반복해서 읽었다. 읽을 때마다 전에 읽을 때는 눈에 들어오지 않았던 새로운 것들을 알게 되었고 책에는 더 많은 밑줄이 그어졌다.

그 사이 나의 등쌀에 못 이겨 아내가 주문한 가정용 오븐과 반죽기가 베란다에 설치되었다. 그리고 빵을 굽기 시작했다. 이렇게 나는 홈베이커가 되었다. 그리고 몇 년 후 서울에 온 채드 로버트슨을 직접 만나 그간 갖게 된 수많은 질문을 그에게 던졌다.

근데 왜 하필 빵집이야

사실은 나도 궁금했다. 나는 왜 빵집을 내려고 했을까? 시간을 거슬러 올라가 내가 빵집을 하겠다고 생각하게 된 계기를 추적해 보았다. 그리고 알게 되었다. 중국 생활에 사건의 발단이 있었다.

2007년, 중국 생활이 다시 시작됐다. 새로 옮긴 회사의 베이징 사무소 수석대표로 발령이 난 것이다. 2002년 유학을 위해 찾은 상하이를 2004년에 떠났으니, 상하이를 떠난 지 2년 만이었다. 다시 시작한 중국 생활에서 나는 끔찍한 음식 스캔들을 여럿 겪었다. 시작은 2008년 멜라민 우유 파동이었다. 단백질 함량을 맞추기 위해 멜라민을 넣은 우유가 시중에 대량으로 유통되었다. 이 우유를 먹은 아이들의 몸에 결석이 생기고 심지어 죽는 사례도 나왔다. 당시 3살이던 딸도 그 우유를 먹고 있었으니 그 충격은 이루 말할 수 없었다. 아내는 지금도 가끔 딸의 몸에 그때의 영향이 남아있지 않을까 걱정하곤 한다. 그 후로도 가짜 고기, 가짜 달걀, 하수에서 추출, 정제한 식용유 등 잊을만하면 새로운 스캔들이 터져 나왔다.

끔찍한 음식 스캔들을 겪으며 음식에 대한 태도에 큰 변화가 생겼다. 특히 안전한 먹거리에 관심을 갖게 되었다. 어린 딸에게 건강한 음식만 먹이고 싶은 아빠의 마음도 한 몫 하였을 것이다. 당장 우유를 끊었고, 믿고 먹을 수 있는 건강한 식재료에 대한 탐색을 시작하였다. 수소문 끝에 베이징 북쪽 만리장성 아래에 자리한 유기농 농장을 알게 되었다. 중국농업대학을 졸업한 시아오딩이 부모님과 함께 일구는 6000여 평 규모의 농장이었다. 화학물질 없이 키우는 채소, 달콤한 살구가 가지가 휘도록 달린 살구나무, 그 아래 자유롭게 돌아다니는 닭들, 두꺼운 깔개 위에서 호박 파먹는 흰 돼지, 그리고 굵은 손마디에 두꺼운 손을 소유한 선하게 생기신 시아오딩의 부모님. 첫눈에 이 농장에 반했다. 그리고 농장은 곧 우리 가족의 놀이터가 되었다. 특히 딸에게는 특별한 경험을 할 수 있는 장소였다. 밭을 갈고, 씨앗을 심고, 닭 모이도 주고. 직접 모은 달걀을 바구니 한가득 담아 오던 딸의 뿌듯해하는 모습은 아직도 눈에 선하다.

목요일,
채소 장수가 되다

주말 농장 나들이는 무료한 베이징 생활에 활력소였다. 사무실 근처 빌딩 숲 위로 파란 하늘이 펼쳐지고 흰구름마저 둥둥 떠다니는 날에는 업무 땡땡이치고 농장으로 향하는 고속도로 위를 달렸다(사장님, 감사합니다. 좋은 일자리를 주셔서^^). 시아오딩 부모님을 도와 채소밭에 물 주고 풀 뽑고 닭 모이 주다 보면 주위에 어둠이 내리기 일쑤였다. 집으로 돌아오는 길엔 내가 직접 수확한 각종 채소와 농장 곳곳에서 모은 계란이 양손 가득이었다. 농장 수확물을 나눔 받은 주위 분들도 맛이 기가 막히다는 말과 사 먹을 수 있는 방법이 없는지 물어 오셨다. 시아오딩에게 이 사실을 전하니 같이 한번 팔아보자고 권유하였고 그렇게 난 일주일에 한 번 채소 장수가 되었다(사장님, 다시 한번 감사드립니다. 좋은 일자리를 주셔서^.^).

주문 관리를 위해 "자연이 키우는 아이"라는 인터넷 카페를 개설하였다. 카페 회원들이 매주 화요일 올린 주문을 목요일 아침까지 농장에서 준비하여 목요일 오후에 아파트 단지별로 배송

하는 시스템이었다. 일종의 CSA(Community Supported Agriculture, 우리말로는 채소꾸러미라고 한다)였다. 베이징에는 왕징이라는 한인촌이 있기에 가능한 시스템이었다. 유기농 제철 채소로 시작한 꾸러미엔 달걀, 닭고기, 돼지고기가 더해졌다. 수요도 늘어 일주일에 돼지 두 마리를 잡게 되었다. 먹거리를 파는 장사다 보니 이런저런 말도 많았지만 나름 재미있는 경험이었다. 그리고 자연의 방식으로 키운 채소와 고기는 그 맛이 다르다는 것을 알게 되었다. 특히 돼지 뼈로 끓인 감자탕은 끓이면서 걷어낼 거품도 생기지 않았고, 특별한 비법 양념 없이도 잡내 하나 없이 풍부한 맛을 냈다. 아 중요한 건 결국 식재료구나!

채소 장사는 안후이성 허페이에 합자법인을 설립하면서 끝이 났다. 가족은 난징에 새 터전을 잡았고 나는 허페이에 있는 회사를 오갔다. 매주 난징과 허페이를 오가는 생활을 하는 동안 음식은 나의 관심에서 멀어졌다. 하지만 건강하게 기른 식재료, 몸에 좋은 음식에 대한 열망은 맘속 깊은 곳에서 다시 피어나길 조용히 기다리고 있었다.

직職이 아닌
업業을 택하겠다

《작년 직장서 밀려난 40·50대 49만 명…5년 만에 최대》

2020년 2월 초 한 언론에 실린 기사 제목이다. 2007년 경제위기 이후로 한국인의 직장에 대한 개념은 완전히 달라졌다. 이제 직장은 정년까지 다닐 수 있는 곳이 아니라, 50줄 어디쯤에는 그만두어야 하는 곳이 되어 버렸다. 이제는 40·50대가 된 포스트 버블 세대, 내가 속한 인구집단이 놓인 냉엄한 현실이다.

여기에 피할 수 없는 또 하나의 현실이 있다. 바로 늘어나는 기대수명이다. 통계청에 따르면 2018년 한국인의 기대 수명은 여성 85.7세, 남성 79.7세이다. 2009년의 여성 83.4세, 남성 76.7세에서 10년 동안 여성은 2.3세, 남성은 3.0세 증가하였다. 이런 추세라면 내가 기대 수명에 다다를 때엔 남성의 기대 수명이 적어도 80세는 될 것이다. 50여 살에 직장을 그만두게 된다면 직업없이 살아야할 시간이 무려 20년 이상이 된다. 마냥 시간을 보내기엔 너무나 긴 세월이다. 먹고 사는 문제는 어떻게 할 것이며, 그 긴긴 시간의 무료함은 또 어찌할 것인가? 우리는, 그리고 나는 지금까지 한국사회에서 선례가 없는 크나큰 도전을 마주하고 있다. 이제 인생 2막을 살 수밖에 없다. 그게 타의에 의해서든 자의에 의해서든 간에.

직이 아닌 업을 선택하겠다.

직은 job이고 타이틀이다. 반면 업은 힌디어로 karma, 라틴어로 mission이라 한다. 업은 바로 '내가 이 세상에 온 이유' 즉, 나의 존재 가치이다. 인생의 전반전이 직을 추구하는 삶이었다면 인생의 후반전에서는 업을 따르는 삶을 살고 싶다. 나의 업은 무엇일까? 참 오랜 시간 가지고 있던 화두이다. 답을 찾는 과정은 나를 알아가는 과정이었다. 업이란 결국 나의 존재 가치이니 나를 이해하는 게 가장 우선이 되어야 했다. 이런저런 시도와 내 삶에 대한 성찰을 통해 나는 누구인가, 나는 무엇에 가치를 두는가에 대해 알게 되었다. 나의 가치는 생명과 그 생명을 기르는 자연에 있음을 깨달았다. 나를 농사와 음식으로 이끈 원동력이었다.

2016년 12월 30일 나는 페이스북 담벼락에 이런 글을 남겼다. 그리고 업을 향한 새로운 여정을 시작하였다. 호기롭게….

마지막 날입니다. 직장생활을 시작한 지 벌써 20년이 되었습니다. 인생의 절반 가까운 기간을 직장생활을 하며 보냈습니다. 이제 직장생활을 그만두려 합니다. 돌이켜보니 지난 20년간의 직장생활은 성장과 이윤을 추구하는 삶이었습니다. 이제는 자연과 자연을 닮은 음식을 화두로 살아가려 합니다. 기웃대기만 했던 이

길을 이제 본격적으로 걸어가 볼까 합니다. 안 가본 길, 두렵기도 하고 설레기도 합니다. 그 길, 저를 지지해주는 가족, 친구들과 함께 즐겁게 걸어가 보렵니다.

나의 첫 빵

누구에게나 첫 경험이 있다. 어떤 새로운 것에 대한 도전은 첫 경험으로부터 시작된다. 2015년 가을 어느 날, 나는 빵과의 첫 경험을 가졌다. 나의 첫 빵을 구운 것이다. 그것도 사워도우 빵을. 나는 블로그에 이를 기록으로 남겼다.

조그만 플라스틱 통에 통밀가루와 물을 반반씩 넣어 잘 섞고 뚜껑을 살짝 덮은 후 3일을 기다렸다. 처음 이틀간 아무런 변화가 없던 밀가루 반죽이 3일 차부터 갑자기 시끄러워졌다. 밀가루를 먹겠다고 몰려든 효모와 유산균들이 왕성하게 먹고 싸서 밀가루 반죽 곳곳에 보글보글 기포를 만들고 플라스틱 통을 상큼한 과일향으로 가득 채웠다. 좀 더 안정되도록 이틀간 밥을 더 주니 반죽이 규칙적으로 부풀어 올랐다 꺼졌고 과일향은 더욱 향기로웠다. 사워도우 컬처가 준비되었다.

이제 르방(levain, 빵의 밑반죽으로, 본 반죽의 발효제)을 만들고 빵을 만들어 볼 때가 되었다. 사워도우 컬처 한 숟가락과 물, 통밀가루를 섞어 르방을 만들었다. 거실에 놓아두었다. 퇴근 후 들여다보니 기포가 보글보글 생기고 과일향이 나는 것이 르방이 잘 익었다.

이제는 반죽을 할 차례. 르방이 잘된 것처럼 보이지만 다시 한 번 확인을 위해 레시피에 있는 양에 맞추어 받아 놓은 물에 르방을 띄워보았다. 잘 뜬다! 르방이 잘 준비되었다는 증거다.

르방을 물에 잘 풀고 밀가루를 넣어 반죽을 만들고 30분 휴지. 휴지 후 소금을 넣고 잘 섞은 후 1차 발효. 30분 간격으로 접어주기를 세 번. 1차 발효를 4시간 정도 한 후 성형을 해보려니 반죽은 영 힘없이 축축 쳐지고 모양은 만들어지지 않는다. 아마도 발효가 충분히 되지 않은 듯하다.

다시 볼에 담아 랩으로 싸고 시원한 창가에 밤새 놓아두었다. 그리고 오늘 새벽, 눈을 뜨자마자 창가로 달려가 반죽을 살펴보니 덮어놓은 랩 위로 반죽이 넘쳤다. 발효가 너무 심하게 된 듯. 볼에서 반죽을 꺼내 성형을 해보려고 했지만 반죽은 여전히 축축 처지는 게 모양이 안 만들어진다.

어쩔 수 없이 축 늘어진 반죽을 베이킹판에 부어 굽기로 한다. 힘이 없는 반죽은 오븐에 들어가서도 힘을 쓰지 못했다. 오븐의 뜨거운 열기도 빵의 몸집을 부풀리기엔 역부족이었다. 굽는 시간이 다 되어 오븐에서 꺼낸 빵은 반죽상태와 별반 다르게 없는 푹 퍼진 빵이었다.

오븐 스프링으로 귀가 멋진-책 속 사진에 있는 것 같은-빵을 기대했건만 내 첫 번째 사워도우 빵은 이렇게 납작한 녀석이 되었다. 녀석을 본 아내는 피식 웃음을 날렸고, 딸은 장난감 미니어처를 가져와서는 빵 위에 올려놓았다. 눈사람이란다.

블로그에 기록한 나의 첫 빵 도전기는 이렇게 끝을 맺고 있다.

빵 만들기, 보이는 것처럼 그리 쉽지 않다. 어디 빵 만들기 뿐이랴. 세상의 모든 일이 다 그렇다.

벌써 6년전 일이다. 그동안 나는 수 없이 많은 빵을 구웠고 기술도, 지식도 늘었다. 이제는 나의 첫 빵 사진을 보며 피식 웃을 수 있다.

그땐 그랬지 ㅋㅋ

바보야,
중요한 건 밀가루야

하늘 높은 줄 모르고 땅 넓은 줄만 아는 푹 퍼진 첫 빵을 구운 나는 적잖이 충격을 받았다. 첫 빵을 굽기 전 책《타르틴 브레드》의 기본 시골 빵 굽는 법을 읽고 또 읽었다. 시작만 하면 책에 있는 사진처럼 멋진 빵을 구울 수 있을 거라고 자신하고 있었기에 충격은 더 컸다. 며칠이 지나 그 충격에서 헤어 나온 나는 형편없는 빵을 굽게 된 원인이 무엇인지 알고 싶었다. 평소 알고 지내던 베이커들에게 이메일을 보냈다.

"어떤 레시피를 본 거야?"

나타샤가 물었다. 나타샤는 슬로베니아 출신의 베이커이다. 나는 인스타그램에서 몇 달째 그를 팔로우하고 있었고, 멋진 빵 사진에 댓글을 달며 친분을 쌓고 있었다. 며칠 전 그에게 보낸 이메일에 대한 답장은 저 질문으로 시작하고 있었다.

'어떤 레시피냐니, 그게 중요한가?'라며 고개를 갸우뚱하며 답장을 보냈다.《타르틴 브레드》에 있는 기본 시골 빵 레시피를 따라 구웠다고. 그에게서 바로 답장이 왔다. 이번에도 질문을 하나 보내왔다.

"어떤 밀가루를 썼는데?"

바로 답장을 보냈다. 우리밀로 구웠다고.

"그럼 그렇지! 미국 사람들 레시피를 따라 빵을 구우면 빵이 잘 안되고 퍼져. 나도 초보 베이커 시절에 비슷한 경험을 했지. 네가 쓴 한국산 밀가루도 유럽의 밀가루처럼 글루텐 함량이 그리 높지 않은가 보네. 반면, 미국산 밀가루는 글루텐 함량이 높은 편이야. 네가 쓰는 밀가루가 그들이 쓰는 밀가루와 같지 않은데 그들이 레시피를 그대로 쓰니 빵이 그렇게 나온 거야."

"그럼 어떻게 하면 될까?"

"물을 줄여봐."

"얼마나?"

"너의 밀가루를 모르니 얼마나 줄여야 할 줄 모르겠지만 수분율 68%를 기준으로 위아래로 2~3% 선에서 물 양을 달리하면서 빵을 구워봐. 그럼 네가 사용하는 밀에 대한 적정 수분율을 찾아낼 수 있을 거야."

아하. 물을 줄이면 되는구나. 바로 빵 반죽을 시작했고 좀 봉긋한 두 번째 빵을 구웠고, 세 번째 빵은 드디어 빵이라고 부를 수 있을 만큼 잘 부푼 빵이 나왔다. 바뀐 건 물의 양 뿐인데 완전히 다른 빵을 구워낸 것이다. 블로그에 그때의 기쁨을 이렇게 기록하였다.

하루 종일 기분이 좋다. 얼마 전 빵 굽기에 성공하고 기쁜 마음에 수없이 카톡을 보내던 아내의 심정이 이해가 된다.

첫 빵은 비참했지만 첫 빵의 실패로 나는 많은 것을 배웠다. 세상 모든 일이 눈에 보이는 것처럼 쉽지 않다는 걸 다시한번 깨달았다. 독서를 통해 얻은 지식이 다는 아니라는 것도 알게 되었다.

그리고 그 무엇보다 중요한 또 한 가지, 밀가루의 중요성을 알게 되었다. 밀이 산지에 따라 다르고 밀가루도 당연히 다르다는 것. 그러니 우리 땅에서 자란 우리밀은 북미산이나 유럽산 밀과는 당연히 다를 거라는 것. 그리고 밀이 다르면 재료의 배합도 달라져야 한다는 것. 그럼 우리밀은 수입밀과 어떻게 다르며, 그 다름은 밀가루의 제빵성에 어떤 차이를 만들어낼까?

이렇게 밀과 밀가루 탐구를 향한 나의 여정이 시작되었다. 실패한 첫 빵이 밀가루에 대한 내 탐구의 시작점이었다.

Chapter 2

빵집을 준비하다

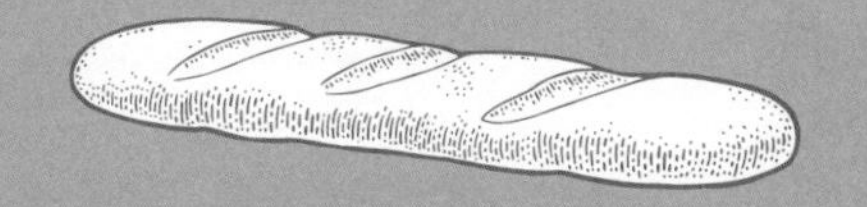

빵을 배우다

직장에 사표를 냈다. 아내가 사준 오븐으로 사부작사부작 빵을 구운 지 일 년 하고 몇 달이 지난 어느 날의 일이다. 조그만 동네 빵집을 내서 원 없이 빵을 구워 보고 싶었다. 한번 짐을 꾸리면 한 달의 반 이상을 외국의 호텔방에서 지내야 하는 생활이 지겨웠던지도 모르겠다. 좁은 좌석에 구겨 앉아 있어야 하는 장거리 비행기 여행에도 넌덜머리가 나던 차였다. 지금 생각해보면 참 무모한 결정이었지만 그때는 정말이지 이 짓 아니면 무엇이라도 할 수 있을 것 같았다. 다른 삶의 방식에 대한 욕망이 무엇으로도 억제할 수 없을 정도로 컸다.

빵집을 하자니 빵을 배워야 했다. 집에서 혼자 연습하는 빵은 판매하기엔 터무니없이 수준이 낮았다. 제품으로 팔 수 있는 빵 같은 빵을 굽는 법을 배워야 했다. 무엇보다 필요했던 건 빵집에 필요한 장비며 빵집 운영하는 법을 배우는 것이었다. 동네 빵집도, 자영업도 내겐 처음이었으니.

회사 업무 인수인계를 하며 이런저런 교육 프로그램을 알아보았다. 맨 처음 눈에 들어온 건 미국 샌프란시스코에 있는 샌프란시스코 베이킹 인스티튜트(San Francisco Baking Institute)의 사워도우 빵 단기 코스였다. 일주일 단위로 진행되는 단기 코스 서너 개를 이어 들으면 한 달 만에 웬만한 사워도우 빵 굽는 법은 물론이거니와 제빵 설비와 운영에 대한 전반적인 사항을 배울 수 있겠다 싶었다. 과정이 끝나면 꿈에 그리던 타르틴 베이커리에서 수습의 기회도 한번 노려보고, 화덕에서 사워도우 빵을 굽는다는 데이브 밀러를 찾아가 옆에서 빵도 같이 구워 보고, 인상 좋아 보이는 조시 베이커도 만나 그의 빵 이야기도 들어 보자. 이런 기분 좋은 상상에 구름 위에 둥둥 떠 있는 나 자신을 한번 진정시키고 아내에게 진지하게 내 계획을 털어놓았다.

"여보, 우리 샌프란시스코 한번 갈까?"

"왠 샌프란시스코?"

"아 거기에 샌프란시스코 베이킹 인스티튜트라는 기관이 있는데 단기 베이킹 코스가 아주 좋아 보이네. 거기서 단기 코스 두세 개 들으면 빵집 여는데 큰 도움이 될 거 같은데. 혹시 알아. 그거 마치고 그 동네에서 기가 막힌 기회를 잡을 수 있을지…"

내 말이 끝나기도 전에 나온 아내의 일성.

"가긴 어딜 가! 있어봐 내가 국내에 있는 거 알아보고 있으니까."

그 말 한마디에 하늘 높이 둥둥 떠다니던 나는 땅으로 떨어졌다. 철퍼덕.

인터넷을 열심히 뒤진 아내는 양평에 있는 '곽지원 빵공방'을 추천했고 나는 서래마을의 아티장베이커스를 선택했다. 이왕 배우는 거 짧은 시간에 해 보자는 생각으로 두 과정을 모두 신청했고, 한주에 3일 빵 수업을 듣게 되었다. 그 사이 다니던 회사 업무 인수인계 기간이 끝나가고 있었다. 그러던 어느 날 대표님은 나를 사무실로 불렀다.

"인수인계 한 달로는 시간이 너무 촉박한 것 같다. 이 이사, 그동안 해온 일이 얼마인데. 아직 직원도 더 뽑아야 하고. 몇 달만 더 일 해줘야 하겠는데. 어때?"

"아 그건 좀 곤란한데요. 제가 빵 수업을 등록해 놓아서요."

"그래도 어떻게 시간을 조율해 보자고."

"월화목은 빵 수업을 가야 하니 수업이 없는 수금 이틀 출근하면 어떨까요?"

"그럼 그렇게라도 해야지 뭐. 그럼 인사팀에 말해 놓을게"

그렇게 3일 빵을 배우고 이틀 출근하는 생활이 시작되었다.

빵을 배우는 건 쉽지 않았다. 손으로 뭔가를 본격적으로 만들어보는 건 처음이라 손이 맘처럼 움직여 주질 않았다. 빵 수업에서 난 학습 부진아였다. 내가 하는 별난 행동에 수업시간은 웃음바다가 되곤 했다. 오전 10시에 시작해 오후 4, 5시까지 이어지는 수업에 허리도 아프고 등도 아팠다. 잠깐의 점심시간을 제외하고는 의자에 엉덩이 붙일 새도 없으니 허리가 아픈 건 당연한 일이다. 하지만 한 달쯤 시간이 지나자 몸은 적응을 시작했다. 그에 따라 통증도 어느 정도 사라졌다. 인간의 적응력은 놀랍다.

수업을 통해 부드러운 빵에서부터 딱딱한 빵까지 다양한 빵을 배웠다. 빵의 배합과 공정을 익힐 수 있었다. 제빵에 사용되는 다양한 재료들을 접할 수 있었다. 화학첨가제나 인공재료도 포함됐다. 곽지원 선생 처럼 나도 물론 화학첨가물이 들어가지 않는 빵을 굽겠지만 이들 재료에 대해 이해하는 것도 의미가 있었다.

빵 수업을 받는 동안 빵의 레시피와 제빵법에 못지않게 신경 쓴 것들이 있었다. 제빵에 필요한 설비와 제빵 작업의 동선을 고려한 배치였다. 10평 남짓의 동네빵집을 구상하고 있었기에 효율적인 공간 활용이 무엇보다 중요했기 때문이다. 그리고 제빵 스케줄을 이해하는데도 주의를 기울였다.

수업 중에 많은 양의 빵을 구웠다. 구워낸 빵의 수와 함께 빵 만드는 기술도 늘었고 그에 따라 내가 구워낸 빵도 달라졌다. 양의 축적이 질적 변화를 가져오는 법. 큰 봉지에 가득 빵을 들고 빵 공방을 나설 때면 뭔가 해냈다는 생각에 스스로가 대견했다. 구운 빵은 이웃과 회사 동료들에게 나누어 주었다. 아파트 정원을 찾아오는 비둘기, 참새 등 동네 새들도 내 빵을 찾는 고객이 되었다. 지금 생각해 보면 내 빵을 가장 맛나게 먹어준 건 가족도 이웃도 회사 동료도 아닌 동네 새들이었던 것 같다. 맛없는 빵, 맛있다며 나를 격려해주신 이웃과 회사 동료들께 감사드린다. 우리집 정원을 뻔질나게 찾아준 동네 새들에게도….

빵 수업 전
달콤 쌉쌀함 30분

빵 수업 전 30분은 달콤했다. 온전히 나만을 위한 시간이기도 했다. 수업은 9시에 시작되었다. 집에서 양평에 있는 빵 공방까지 60킬로, 출근길 차로 가득한 올릭픽대로를 서쪽 끝에서 동쪽 끝까지 가야 하는 먼 길이었다. 길 막히는 것을 무엇보다 싫어하기에 출근길 교통체증이 시작되기 전 일찌감치 집을 나섰다.

양평 가는 길 내내 한강이 함께 했다. 올림픽대로를 따라가는 동안에는 왼쪽으로, 팔당대교를 넘어서면 오른쪽으로 한강이 나와 함께 달렸다. 차창을 내리고 달리는 차 안으로 시원한 한강 바람이 들이쳤다. 직장생활로부터의 해방감이 더해져 시원함은 배가 되었다.

당시 내비게이션에 설정된 목적지는 두물머리였다. 두물머리로 들어가는 사거리가 가까워지면 작은 고민이 시작된다. 두물머리로 가서 산책을 할까, 아니면 저 앞 카페에 가서 커피를 한잔 할까. 미세먼지 없는 파란 하늘이 펼쳐진 날은 두물머리로 향했다. 코가 쨍할 정도로 추운 겨울날 아침 두물머리는 낭만적이었다. 멀리 펼쳐진 수면은 산과 만났고 햇살을 받은 수면 위로는 수증기가 피어 올랐다. 아무 상념 없이 멍 때리기 좋은 순간이었다.

두물머리가 미세먼지로 덮인 날에는 카페로 향했다. 이런 청정지역까지 점령한 미세먼지를 원망하며. 청년이 운영하는 카페는 아침 8시에 문을 열었다. 나는 매번 이 카페의 첫 손님이었다. 거리 쪽으로 난 창을 바라보는 자리에 가방을 내려놓고 계산대로 가서 에스프레소 한 잔을 주문한다. 청년은 설탕 한 봉지와 함께 에스프레소를 가져다 주었다. 봉지를 뜯어 사라락 설탕을 붓는다. 한 모금을 마신다. 쌉쌀한 맛이 한차례 입안을 훑고 지나간 자리에 새콤함이 감돈다. 새콤함을 음미하며 가방에서 책을 꺼낸다.

책장을 몇 장 넘긴 후 잔을 다시 입으로 가져가 고개를 뒤로 젖힌다. 남아 있는 커피 한 모금과 함께 커피에 녹아 시럽이 된 설탕과 녹지 않은 설탕이 입안으로 천천히 흘러 들어온다. 입 안은 다시 한번 쌉쌀함으로 가득 차고 뒤이어 달콤함이 번진다.

나는 서른이 넘도록 커피를 마시지 않았다. 대학생이 되어 처음 맛 본 커피는 쓰기만 했고 한 모금을 마셨음에도 머리가 핑 돌았다. 눈앞이 캄캄해질 정도였다. 카페인에 민감했던 것이다. 그 첫 한 모금으로 나는 커피에 대해 정의를 내렸다. 못 마실 음료!

그로부터 몇 년이 흘러 커피에 대한 나의 정의가 바뀐 계기가 있었다. 회사 교육차 머물던 토리노의 어떤 식당에서였다. 오전 교육이 끝나고 이탈리아 자회사의 교육 담당자 프란체스코는 우리를 회사 근처 식당으로 데려갔다. 근처에 있는 회사 직원들이 와서 먹는 외부 구내식당 정도 되는 곳이었다. 어떤 음식이 있었고 먹었는지 기억나지 않지만 커피에 대한 기억만은 생생하다. 프란체스코는 식후에 커피를 한 잔 마셨다. 바리스타가 뽑아 조그만 잔에 담아주는 에스프레소였다. 그들은 하나같이 설탕 봉지를 쫙 뜯어 설탕 한 봉을 촤라락 쏟아 붓고는 바로 입안에 털어 넣었다. 오물오물한 후 커피를 넘기고서 엄지를 척 들었다. 얼굴 가득한 미소는 '이게 사는 맛이지'라고 말하는 듯했다.

나도 그들을 따라 에스프레소를 마셨다. 딱 한 모금 분량의 커피는 멋진 향을 풍겼고 표면은 진한 황금색의 크레마로 덮여 있었다. 봉지를 뜯어 설탕을 한 봉 붓고 바로 원샷. 캬~~~ 스타벅스 창업에 대한 영감을 받았다는 하워드 슐츠가 이해되는 순간이었다. 그 후로 나에게 커피는 에스프레소였다. 설탕 한 봉을 털어 넣은 에스프레소.

우리는 다양한 방법으로 과거를 기억한다. 당시의 한 장면일 수도, 배경에 흐르던 음악일 수도, 먹은 음식일 수도 있다. 빵 수업을 위해 양평에 다니던 반년의 시간을, 난 수업 시작 30분 전 마시던 에스프레소 한 잔의 달콤 쌉쌀함으로 기억할 것이다.

이사님, 건강빵 말고 맛있는 빵 플리즈

제빵 수업에선 많은 양의 빵을 구웠다. 아무리 빵을 좋아한다고 해도 그 양을 감당할 순 없었다. 다 못 먹고 남은 빵으로 냉장고 냉동실을 채웠다. 냉동실도 금세 찼고 빵은 처치 곤란한 상태에 이르렀다. 아파트 경비 아저씨, 동네 이웃에게도 나누어 주었다. 그래도 빵이 남았다. 훌륭한 빵은 아니지만 버릴 순 없었다.

회사로 출근할 때마다 빵을 들고 갔다. 직원들에게 나누어 주었다. 관리팀에 한 봉지, 영업팀에 한 봉지, 직원 휴게실에도 한 봉지.

빵에 대한 반응은 빵 종류에 따라 달랐다. 내가 애정을 가지고 구웠고 앞으로 열게 될 빵집에서 주력으로 구울 딱딱한 유럽식 빵들은 대체로 인기가 없었다. 반면, 달고 부드러운 빵은 반응이 좋았다. 특히 크루아상은 서로 먹겠다고 다툴 만큼 그 인기가 대단했다. 바삭거리며 크루아상 하나를 다 먹어 치운 관리팀장이 자리로 돌아가는 나에게 한마디 했다.

"이사님, 앞으로도 맛있는 빵으로 부탁해요. 이거 좋잖아요!"

이때 알아 차렸어야 했다. 내가 굽고자 하는 빵은 대중성이 없다는 것을. 빵집에서 판매할 빵을 잘 선택했어야 했다는 것을.

오만스 델리Aamanns Deli의 스뫼르브뢰드smørrebrød _덴마크의 노마Noma

노르딕(Nordic) 요리의 인기가 하늘을 찌른다. 노르딕 요리 전통의 현대적 해석, '채집 활동'으로 형상화되는 자연 그대로의 식재료에 대한 천착을 특징으로 하는 새로운 노르딕 요리로, 덴마크의 수도 코펜하겐은 전 세계 미식가들과 요리사들의 주목을 한 몸에 받는 미식도시가 되었다. 인기의 중심엔 르네 레드제피(Rene Redzepi)와 클라우스 마이어(Claus Meyer)가 설립한 노마(Noma)가 있다. 이들이 세운 노르딕 음식 연구소(Nordic Food Lab)는 다양한 음식 관련 연구로 노르딕 음식의 새로운 장을 열어가고 있다.

오만스 델리(Aamanns Deli)는 새로운 노르딕 요리로 주목받고 있는 코펜하겐에 있는 식당이다. 스뫼르브뢰드(smørrebrød)가 이곳의 주 메뉴이다. 스뫼르브뢰드는 스뫼르(smør, 버터)와 브뢰드(brød, 빵)가 결합된 말로, 얇게 썬 호밀빵 위에 갖은 재료를 올려서 먹는 일종의 오픈 샌드위치(위에 빵을 덮지 않은 것)다.

유럽에는 다양한 형태의 오픈 샌드위치가 있다. 오픈 샌드위치의 기원을 따라 시간을 거슬러 올라가면 중세 시대의 트렌처(trencher)를 만나게 된다. 식탁에서 접시가 사용되기 전, 중세 귀족의 식탁에선 빵 조각이 접시 대용이었다. 얇게 자른 빵 조각을 접시 삼아 그 위에 음식을 올렸다. 접시 대용으로 사용한 이 빵 조각을 트렌처라고 불렀다. 구운 지 3~4일 된 빵을 잘라 사용하였다. 귀족들의 만찬이 끝나면 음식의 즙이 자연스럽게 스며든 트렌처는 하인들의 식사가 되었다.

유럽엔 지역을 대표하는 오픈 샌드위치가 있다. 프랑스의 타르틴(tartine), 이탈리아의 브루스께따(bruschetta), 스페인의 타파스(tapas)가 남부 유럽을 대표하는 오픈 샌드위치이다. 북부 유럽에는 덴마크의 스뫼르브뢰드, 스웨덴의 스뫼르고스, 노르웨이의 스뫼르브뢰드(smørbrød)가 있다. 모두 빵 조각 위에 다양한 식재료를 올려서 먹는 음식이라는 공통점이 있다. 하지만 북유럽과 남유럽의 오픈 샌드위치 사이에는 근본적인 차이가 있다. 북유럽에서는 호밀빵을, 남유럽에서는 밀빵을 사용한다는 점이다. 이는 북쪽에서는 호밀을, 남쪽에서는 밀을 주로 재배하게끔 만든 기후의 영향이 반영된 자연스러운 결과이다.

중세 시대 트렌처가 하인들의 먹거리였듯 스뫼르브뢰드는 전통적으로 블루칼라와 농부들의 간편 점심식사였다. 하지만 아담 오만(Adam Aamann)의 혁신을 거친 스뫼르브뢰드는 완전히 새로운 음식이자 새로운 노르딕 음식 운동을 대표하는 요리로 탈바꿈하였다.

스뫼르브뢰드는 우리가 가장 큰 강점을 가지고 있는 우리만의 점심 식사 전통이다. 덴마크인들에게 당신들 고유의 저녁 음식 10개를 대보라고 질문하면 대부분의 사람들은 잘 답변하지 못할 것이다. 하지만 질문이 오픈 샌드위치에 관한 것이라면 상황은 완전히 달라진다. 비록 지금은 더 이상 먹지 않을지라도 가장 인기 있는 재료와 그들 재료의 조합에 대해 모르는 사람은 한 명도 없다. 마치 DNA에 새겨져 있는 것처럼. 스뫼르브뢰드에 대한 아담 오만의 생각이다.

동네 빵집을 준비하면서 샌드위치는 꼭 해 보고 싶었다. 샌드위치 메뉴를 고민하던 중 아담 오만의 오만스 델리를 알게 되었고, 언젠가 꼭 한번 가보리라 맘먹었다. 기회는 금새 찾아왔다. 빵 수업을 듣고 있던 곽지원 빵 공방에서 수업의 일환으로 기획한 유럽 빵 투어를 가게 된 것이다. 빵 투어 기간 중 나는 하루 시간을 내서 코펜하겐 당일치기 여행을 다녀왔다.

남들 모두 잠든 새벽, 조용히 숙소를 빠져 나와 택시에 몸을 실었다. 오를리 공항에 도착하여 탑승수속을 마치고 탑승구 앞 벤치에 앉아 있자니 탑승객들이 하나 둘 나타났다. 잠시 후 탑승수속이 시작되었고 탑승구 앞에 승객들이 줄을 섰다. 그 많은 승객 중 동양인은 나 혼자였다. 길쭉길쭉한 팔다리, 갸름한 얼굴, 금발머리를 한 북유럽 사람들 무리 속에 파묻혀 있는 나, 작은 키는 더 작아 보였고, 얼굴은 더 넙데데했고, 머리칼은 더욱더 검어 보였다.

잠시 기절해 있는 사이 비행기는 코펜하겐 공항에 도착했다. 간단한 입국 수속을 마치고 지하철에 올라탔다. 시외 구간의 지하철은 지상을 달렸다. 창밖으로 펼쳐진 하늘은 눈부시도록 파랗다. 매일같이 휴대폰에 방독면이 뜨던 서울 하늘과 극명히 대비되는 너무도 환상적인 하늘이었다. 뾰족한 지붕의 나지막한 주택들을 구경하고 있자니 지하철은 금세 코펜하겐 시내에 도착했다.

점심시간까지는 시간이 있었기에 로열 코펜하겐 도자기 공장 아웃렛을 찾았다. 도자기를 사고 싶었다. 언젠가 내가 만들게 될 코펜하겐의 오픈 샌드위치 스뫼르브뢰드는 로열 코펜하겐에 담고 싶었다. 접시, 홍차 잔, 에스프레소 잔을 샀다. 도자기는 국제 택배로 발송해준다. 택배 발송을 선택하면 세금을 제한 금액만 결재하면 된다. 매니저가 명세를 보여주며 면제된 부가가치 세액을 강조한다. 무려 25%! 면세액을 보는 순간 좀 전에 그냥 내려놓았던 도자기가 눈에 아른거리며 그 앞으로 당장 달려가 들고오고 싶은 충동이 솟구친다. 나 같은 관광객을 수도 없이 맞았을 매니저의 상술이 참 좋다.

다시 지하철을 타고 오만스 델리로 향했다. 식당은 조경이 잘된 공원 북쪽 큰길 가에 위치하고 있다. 점심 시간이 살짝 지난 터라 테이블은 거의 비어 있었다. 메뉴판을 쓱 훑어보고 종업원을 불렀다. 맛도 모양도 궁금했던 몇 가지 스뫼르브뢰드가 눈에 들어왔다. 그 중에서 네 개를 골랐다.

"두 개만 주문하세요."

"네? 저는 이 음식 먹어 보겠다는 일념으로 여기까지 온 건데요."

"그래도 두 개면 충분할 거예요. 많이 시키면 배불러서 다 못 먹어요."

종업원의 말을 듣기로 했다. 정성 들여 만든 음식을 다 먹지 못하고 남겨선 안되니까. 청어 절임과 베이컨을 주문했다.

잠시 후 주문한 음식이 나왔다. 화려한 색채와 다양한 형태의 재료가 조합된 음식이 접시에 올려져 있다. 화려했다. 보는 것만으로도 군침이 도는 비주얼이었다. 언뜻 봐서는 오픈 샌드위치처럼 보이지 않는다. 빵이 보이질 않았기 때문이다. 얼른 포크와 나이프를 집어 들고 한쪽 끝을 잘라 보았다. 토핑을 썰고 내려가자 호밀빵이 칼에 닿았다. 덴마크의 식당에선 스뫼르브뢰드를 손으로 잡고 먹지 않는다. 포크와 나이프를 사용한다. 물론 테이크 아웃일 경우엔 손으로 들고 먹겠지만-.

청어 절임은 새콤달콤했다. 청어 특유의 비린내는 조금도 느낄 수 없었다. 오물오물 씹으니 뻑뻑한 곡물 호밀빵이 절여진 청어의 살과 섞이면서 새로운 맛을 냈다. 접시(?)로서의 호밀빵의 매력이 발산되는 순간이다. 구운 베이컨(베이컨이라기보다는 두툼하게 썬 삼겹살에 가까웠다)이 올라간 스뫼르브뢰드는 독특한 식감이 인상적이었다. 한 조각을 잘라 넣고 오물오물 씹는다. 호밀빵의 퍽퍽함, 잘 구운 베이컨의 바삭함, 헤이즐넛의 크런치함, 초절임 당근의 아삭함, 마요네즈의 물컹함. 다양한 식감이 입안에서 폭발한다. 아담 오만이 스뫼드브뢰드를 통해 추구하고자 하는 음식이 어떤 것인지 어렴풋이 알 수 있을 것 같았다.

계산대에서 나를 계속 지켜보던 종업원을 향해 엄지 척을 날려줬다. 스뫼르브뢰드를 이리저리 살펴보고 맛보는 동안 내내 그의 시선을 느끼고 있었다. 만면에 미소를 머금고 있던 그를 불렀다.

"음식 맛이 기가 막히네요. 이거 이름이 스뫼르브뢰드인건 알고 있는데 어떻게 발음하는 건가요?"

"스뫼~르브뢰~"

"네? 한 번만 더 해 주세요."

"스뫼~브뢰~"

"스뫼르브뢰드요? 어렵네요."

"모음ø 때문일 거예요. 외국인에게는 어려운 발음이죠."

나는 휴대폰을 꺼내 음성 녹음 버튼을 누르며 한번 더 발음해 달라고 부탁했다. 그는 그런 내가 신기한지 씩 웃으며 내 휴대폰을 향해 입을 대고는 천천히 두 번 발음해 주었다. 그의 음성을 담은 스뫼르브뢰드는 내 휴대폰에 남아있다. 그때 먹었던 스뫼르브뢰드가 내 기억 세포 어딘가에 남아있는 것처럼.

또 그를 불렀다.

"실은 나는 빵집을 내려고 준비하고 있고 오만의 호밀빵이 무척 궁금해서 일부러 여기를 찾아왔다. 혹시 호밀빵을 맛볼 수 있을까?"

"당연하지."

잠시 후 그는 나무 도마에 호밀빵 두 조각과 버터 두 조각을 이쁘게 담아 들고 왔다. 스뫼르브뢰드는 이 호밀빵으로 만든다는 말도 잊지 않았다.

"슈납스도 한잔 드릴까요?"

"그게 뭔가요?"

"호밀빵으로 만든 알코올 도수가 높은 술이에요."

"저는 술 마시면 얼굴이 빨개져서 술은 잘 안 마시는 편이에요. 게다가 지금은 벌건 대낮인걸요."

"그래도 멀리서 일부러 시간 내서 오셨는데 한 잔만 해 보세요."

"네…"

그는 조그만 잔에 슈납스를 한 잔 받아 들고 주방에서 나왔다. 맛만 봐야지. 독했다. 향이고 맛이고 확인할 수 없이 입안이 얼얼해지는 독주였다. 그래도 성의를 생각해서 한 잔 탁 털어 넣었다.

내가 식당에 들어올 때 늦은 점심 식사를 하고 있던 손님도 모두 나가고 식당엔 나 혼자만 남았다. 손님이 떠난 테이블 정리를 마친 그는 나에게 다가와 식사가 어땠는지 물어왔다. 나는 너무 맛있었다고, 여기까지 오는데 들인 시간과 돈이 아깝지 않았다고 극찬을 해주었다. 덴마크의 높은 세율, 덴마크인의 유창한 영어 실력의 비결 등에 대해 수다를 떨다 보니 얼굴이 벌겋게 달아올랐다. 슈납스가 벌써 온몸에 퍼진 것이다. 나는 그 얼굴로 오후 내내 자전거가 넘쳐나는 코펜하겐 시내 이곳저곳을 걸어 다녔다.

초저녁 나는 코펜하겐 공항으로 향하는 전철 안에 있었다. 한 손엔 유럽 빵 투어를 이끌고 계신 곽지원 선생께 선물로 드릴 로열 코펜하겐 도자기 잔, 다른 한 손엔 아담 오만의 씨앗 호밀빵 한 덩어리를 들고 있었다.

브롯하임과 같은 동네빵집이면 좋겠다

도쿄에서 가장 기억에 남는 빵집은 브롯하임이었다. 2017년 7월, 도쿄에 갔다. 곽지원 빵 공방이 제빵 과정 수료생을 위해 준비한 일본 빵집 투어에 참가했다. 3박 4일의 빵집 투어 기간 동안 하루 종일 빵집을 돌아다녔다. 참가자들 모두 자기 빵집을 열 계획을 가지고 있었기에 이번 투어에서 뭔가를 꼭 얻어 가야 한다는 의지에 불타고 있었다. 빵집 투어는 전투적이었다. 그래서 힘들었다. 너무 많은 빵집을 찾아다닌 탓에 하루 동안 걸은 걸음 수는 매일 신기록을 경신했다. 숙소로 돌아오면 그날 걸은 걸음 수를 확인하는 게 하루 일과의 마무리였을 정도였다.

그 많은 빵집 중 가장 인상 깊었던 곳은 베이커리 브롯하임이었다. 도쿄 외곽 한적한 주택가에 자리 잡은 빵집이다. 도쿄 번화가에 있는 빵집만 찾았던 터라 브롯하임을 찾아가는 동안 이런 주택가에 빵집이 있을까 하는 의구심이 들었다. 지하철 역을 나와 주택가로 한참을 들어가니 주변과 다른 독특한 건물이 보였다. 독일 알프스 산 아래의 시골마을에 있을 법한 이층집이었다.

그 집 1층에 아카시 가츠히코 상이 운영하는 베이커리 브롯하임이 자리잡고 있다. 1987년부터 이 자리를 지켜왔으니 이 동네 터줏대감이라고 해도 손색이 없을 것이다.

아카시 상은 일본 3대 빵 대가 중 한 명이라고 한다. 빵 투어를 기획하고 이끌고 있는 곽지원 선생과는 막역한 사이인 듯했다. 곽 선생이 빵집에 들어서자 아카시 선생이 나왔다. 새하얀 가운에 둥근 얼굴 가득한 흰 수염 그리고 검버섯이 피어 오른 커다란 두 손이 인상적이었다.

빵집은 카페를 겸하고 있다. 카페에는 손님들이 점점이 앉아 빵 플래터와 수프, 커피를 먹고 있었다. 호밀빵, 사워도우 빵, 브뢰첸이 빵 플래터로 제공된다. 출근길에 들려 간단히 아침밥을 먹는 직장인, 아기를 유모차에 태우고 나온 애기 엄마 등 다양한 사람들이 브런치를 즐기고 있었다. 사람들 사이에서 홀로 브런치를 즐기고 있는 머리가 하얗게 센 할머니가 눈에 들어왔다. 딱딱한 빵들을 오물오물 씹고 계시는 모습을 보니 이 빵집의 오랜 단골인 듯했다.

아카시 상에게 같이 사진을 찍을 수 있는지 물어보았다. 좀 기다려 달라고 한다. 마침 시끄럽게 떠들고 있던 우리 일행들 사이에서 조용히 브런치를 들고 계시던 할머니가 자리에서 천천히 일어서고 계셨다. 아카시 상은 할머니에게 다가가 의자를 빼 주며 할머니와 대화를 나누기 시작했다. 아마도 식사는 어땠는지, 건강은 어떠신지 등을 묻는 일상적인 대화일 것이다. 그는 카페 출입문을 열어 드리고 할머니가 가시는 모습을 그윽한 눈으로 한참 지켜본 후 시선을 우리에게 돌렸다. 그의 시선에선 할머니를 바라보던 그윽함은 가셨지만, 대신 인자한 미소가 얼굴에 가득했다. KFC 할배같이 온화한 아카시 상과 찍은 사진 한 장이 남겨졌다.

나의 빵집은 브롯하임처럼 동네 주민들의 삶에 녹아 들어간 편안한 이웃 같은 동네 빵집이면 좋겠다 싶었다.

동업

동업자 정하기는 동네 빵집을 준비하며 가장 많이 신경 썼던 일 중 하나였다.

동업을 하려고 한데는 여러 가지 이유가 있었다. 자영업은 처음인지라 누군가 함께 하면 큰 힘이 될 거라 생각했다. 빵집도 처음이라 빵을 좀 해 본 사람과 함께 하고 싶었다. 결과를 알 수 없는 투자인지라 초기 투자금과 함께 리스크도 줄이고 싶었다. 차분하고 계획적인 성향으로 다분히 이상주의적인 나의 성격과 보완이 되면 좋겠다 싶었다.

6개월간 빵 수업을 같이 수강한 동기 중 한 명을 상당히 오랜 기간 설득했고 같이 동네 빵집을 시작했다. 동업은 결혼과 비슷하다. 모든 것이 좋아 보이고 사랑스럽던 애인이 아내나 남편이 되고 얼마 지나지 않아 결점이 눈에 들어오고 싸우기 시작하는 연애와 결혼은 동업과 참 닮았다. 같이 하는 시간이 길어지니 이전에 볼 수 없었던 것들을 알게 되는 게 그 이유일 것이다. 전에 보이지 않던 동업자의 결점이 보이기 시작했고, 그 결점으로 인해 불만이 쌓여갔다. 내가 동업자에게 그러했듯이 동업자도 나에게 많은 불만이 생겼으리라. 이는 누구의 잘못도 아니다. 어찌 보면 자연스러운 일이다.

동업을 이어가는 것 또한 결혼 생활과 크게 다르지 않다. 이해와 사랑으로 서로에 대한 불만을 잘 다스려 가면 행복한 결혼 생활을 이어갈 수 있다. 반면, 불만만 늘어놓으면 종국엔 서로 갈라섬에 이르게 된다.

하지만 동업과 결혼 사이에는 근본적인 차이가 있다. 결혼이 애정 관계에 기초한다면, 동업은 이해 관계가 그 토대라는 점이다. 공통의 이해 관계를 만족시키지 못하는 동업은 지속 가능하지 않다. 내 빵집 동업의 근본적인 문제가 바로 이 점이었다. 작은 동네 빵집으로는 충분한 수익을 낼 수 없었다. 빵집 규모에 따라 낼 수 있는 최대 수익 규모가 있다고 한다. 오래 자영업을 하신 분들로부터 나중에 듣게 된 이야기이다. 나는 그런 사실을 몰랐다. 자영업은 처음이었으니...

우리는 쉽게 착각에 빠진다. 나는 다를 것이라고, 왜 저것 밖에 못해, 내가 하면 저들보다 훨씬 잘할 수 있을텐데. 나도 그랬다. 하지만 현실은 그리 녹록치 않다. 동업도 그렇다. 지금 돌이켜보면, 내가 동업하려고 한다고 했을 때 많은 사람들이 고개를 갸우뚱했던 것 같다. 빵집을 그만두고 난 후에야 다들 '동업은 어려운 거야'라고 했다. 하지만 당시 누군가 동업에 대해 부정적인 조언을 했을지라도 동업에 대한 내 의지가 꺾이진 않았을 것이다. 아마도 나는 다르다, 나만은 잘 할 수 있을 것이라 생각했을 것이다. 직집 겪어 보지 않으면 믿지 않는 오류에 빠지기 쉽다. 나도 그 오류에서 자유로울 순 없었다.

채드 로버트슨을
만나다

채드 로버트슨은 샌프란시스코에서 타르틴 베이커리라는 유명 빵집의 오너 베이커이자 사워도우 빵을 굽는 전 세계 홈베이커들의 우상이다. 2018년 1월, 채드 로버트슨을 만났다. 현대카드 쿠킹 라이브러리에서 《타르틴 No. 3》라는 책 출판기념회에 그를 초청한 것이다. 당시 그는 타르틴 베이커리 한국 지점 개점 준비를 위해 한국에 머물고 있던 참이었다.

아쥬드블레라는 동네 빵집 개점을 준비하는 동안 현대카드 쿠킹 라이브러리를 동네 방앗간처럼 드나들었다. 안면을 튼 라이브러리 사서가 그의 출판기념회 소식을 알려 주었고, 바로 참가 신청을 하였다. 그날이 참가 신청 마지막 날이었다. '꼭 가고 싶은데 안되면 어떻게 하지'라며 마음을 졸이고 있는데 고맙게도 며칠 후 초대장이 날아왔다.

그의 책 《Tartine Bread》를 통해 처음 베이킹을 접한 터라 그와의 만남이 무척이나 기대되었다. 책을 읽으며 갖게 된 이런저런 궁금증을 그를 통해 풀어보리라는 기대감도 있었다. 출판 기념회

날짜가 다가올수록 기대감은 더 커졌다.

출판기념회 당일, 예정된 시간보다 한 시간 일찍 쿠킹 라이브러리에 도착했다. 그와 최대한 가까운 곳에 앉아야 하겠다는 욕심에서다. 서가에 꽂혀 있는 책을 뽑아 들고 책장을 건성으로 넘기고 있는 사이 출판 기념회 장소 입장이 시작되었다. 나는 저자의 자리 바로 앞에 앉았다.

잠시 후 청셔츠 위에 커피색 앞치마를 두른 그가 등장했다. 청바지 아래 하얀색 로퍼가 눈길을 끌었다. 구레나룻과 턱수염을 기른 그의 수줍은 듯한 모습은 여러 동영상에서 본 것과 같았다. 동영상 속의 그가 내 눈앞에서 자신의 빵과 빵에 대한 철학을 이야기하는 모습을 보게 되니 감개무량했다.

출판 기념회는 흡사 스타의 팬미팅 행사 같았다. 출판기념회가 진행되는 동안 둘러본 참가자들은 흠모해 오던 우상을 영접하고 있는 듯한 표정을 짓고 있었다. 아마 나도 그런 표정을 짓고 있었을 것이다. 책에서 그가 소개한 시골빵을 구워 그에게 평가를 요청하는 참가자도 있었다. 빵을 그에게 전해주는 그 참가자의 손은 심하게 떨리고 있었다.

짧은 강연이 끝나고 질의응답 시간이 주어졌다. 나는 그간 궁금했던 것들에 대한 질문을 쏟아냈다. 질문 리스트는 출판기념회에 참석하기 전부터 만들어 놓았다. 스티프 르방과 리퀴드 르방의 차이, 빵의 수분율이 높아야 하는 이유, 좋은 빵은 어떤 빵인지, 타르틴 베이커리에서는 어떤 스케쥴에 따라 빵을 굽는지, 르방 양은 얼마로 해야 하는지 등등. 질문이 너무 많아 행사 진행자에게 양해를 구해야 했다. 많은 질문에도 그는 싫은 기색 없이 성심성의껏 답해주었다. 그의 답으로 많은 의문이 풀렸고 짧은 시간 동안 많은 것을 배울 수 있었다. 배움에 있어선 독서보다는 질의응답이 확실히 더 효과적이다. 경험과 지식이 많은 사람과의 질의응답은 특히 더 그렇다. 채드 로버트슨과의 질의응답은 유레카의 시간이었다.

그의 짧은 강연중 가장 인상 깊었던 건 빵과 요리를 통해 미국의 푸드 시스템을 바꾸려는 그의 노력과 관련된 부분이었다. 베이커리에서 사용하는 재료는 모두 100마일 이내에서 구매한다고 했다. 특히 밀가루는 대형 제분소에서 공장 제품처럼 찍어낸 밀가루가 아닌 지역의 중소규모 제분소에서 제분한 것을 사용한다. 이 밀가루는 지역의 농부들이 생산한 밀을 제분한 것이다. 푸드 마일리지를 줄이고, 지역 순환 경제를 실현하기 위한 노력의 일환이다. 또한 토종밀과 고대밀을 최대한 사용하려고 노력한다. 수확량 증대만을 위해 맛과 풍미가 희생된 현대밀의 한계를 극복하고 밀의 종 다양성을 보존하기 위함이다.

한국 지점에서도 그런 노력을 해 나갈 계획인지 조심스럽게 물어보았다. 그는 그렇다고 대답했고, 나는 내가 기르고 있는 토종밀과 고대밀을 소개하였다. 그는 많은 관심을 보이며 '언젠가는 네가 재배한 밀로 빵을 구워 보고 싶다'라고 했다.

나는 그날의 감흥을 이렇게 기록해 놓았다.

언젠가 제가 기르고 있는 밀로 그가 구운 빵을 맛볼 날이 있을 것 같습니다. 짧은 만남이었지만, 빵을 통해 내가 가고자 하는 길에 대해 더 확신할 수 있는 시간이었습니다.

나는야
빵집 실습생

연습이 필요했다. 조그마한 동네 빵집이지만 빵을 팔기 위해선 빵 만드는 기술을 더 연마해야 했다. 빵 수업을 통해 이런저런 빵 굽는 법을 배우긴 했지만 빵 만드는 건 여전히 서툴렀다. 빵 굽는 스케줄은 어떻게 잡아야 하는지, 재료는 어디서 사야 하는지 등 빵집을 어떻게 운영해야 할지에 대한 감을 잡을 수 없었다. 이 모든 난관을 해결할 수 있는 최선의 길은 빵집에서 직접 일해 보는 것이리라. 문제는 나 같이 나이 많은 초짜를 써줄 만한 빵집을 찾는 것이었다. 빵집에선 대부분 20대에서 30대 초반의 혈기 왕성한 직원들이 빵을 굽는다. 40을 넘긴 지 한참 된 중년을, 게다가 빵집에서 일해본 경험도 전무한 생초보를 받아줄 빵집이 있을까?

짧은 시간 일해 볼 수 있는 빵집을 찾고 있다는 소식을 전하자 선강래 형이 자신이 몇 달 동안 일했던 더벨로를 추천해 주었다. 곽지원 빵 공방의 제빵 과정을 나보다 먼저 수료한 그는 전남 장흥에서 그랑께롱이라는 베이커리 카페를 운영하고 있다. 더벨로는 우리밀 빵을 굽는 빵집이자 하루에 엄청난 양을 굽는 빵공장이기도 하니 기술을 익히기에 그만한 곳이 없다는 게 그의 추천 이유였다. 홈베이킹을 시작하면서부터 우리밀로 굽는 빵에 관심이 있었기에 더벨로의 명성은 익히 들어 알고 있었다. 빵을 엄청나게 많이 굽는다는 사실도 매력적이었다. 기술이라는 게 몸으로 익히는 것이고 몸으로 익히려면 많은 연습량이 무엇보다 중요하다.

빵집은 정했는데 어떻게 들어간다? '아! 소울브레드의 권순석 베이커가 더벨로 출신이지!', 불현듯 떠오른 생각이었다. 바로 그에게 전화를 걸었다. 전화벨이 한참 울렸지만 그는 전화를 받지 않았다. '빵 반죽하느라 바쁜가 보네'라고 생각하며 전화를 끊었다. 그리고 얼마 후 전화벨이 울렸다. 그의 전화였다. 자초지종을 이야기하자 더벨로에서 일해 보는 건 좋은 생각이라며 격려해주었다. 그리고 더벨로 대표의 전화번호를 전해주었다. 나는 고맙다는 말과 함께 한마디 덧붙이는 걸 잊지 않았다. '베이커님이 더벨로 대표께 미리 언질 좀 해주세요.' 무턱대고 거는 콜드 콜(cold call)보다는 가까운 사람의 소개가 훨씬 더 효과적이며 성공 가능성도 훨씬 더 높다는 사실 정도는 20년 회사 생활에서 취득한 영업의 기본 스킬이다.

반영재 대표의 전화번호를 전해 받은 다음날 전화를 걸었다. 전화를 받지 않았다(베이커들은 전화를 잘 받지 않는다. 받지 않는 게 아니고 받을 수 없는 상황에 있다고 해야겠다. 베이커로 살던 나도 전화를 잘 받지 못했다. 반죽 잔뜩 묻어 있는 손으로는 전화 받기가 쉽지 않았고, 잔뜩 부풀어 오븐에 들어가야 할 시점에 있는 반죽을 두고 전화를 받을 수도 없는 노릇이다). 그리고 잠시 후 전화가 걸려왔다. 반영재 대표였다. 간단한 자기소개 후 빵집에서 일해 볼 수 있는지 물어보았다. 일단 빵집으로 한번 오라고 했다. 약속 시간을 잡고 전화를 끊었다. 면접 아닌 면접이 남았지만 왠지 승낙을 받을 것 같은 예감이 든 건, 지나친 낙관주의자이기 때문만은 아니었다.

며칠 후 양재동에 있는 더벨로를 찾았다. 약속 시간보다 일찍 도착하여 빵집 주변을 거닐었다. 주택단지 안에 있는 나지막한 건물 1층을 모두 쓰고 있는 더벨로는 언뜻 보기에도 빵집이 아닌 빵 공장처럼 보였다. 공장 안에는 언뜻 보기에도 대여섯 명의 직원들이 부지런히 빵을 만들고 있었다. 공장 앞 쪽에 차려놓은 빵 진열대에 놓여있는 먹음직스러운 빵들을 둘러보고 있자니 공장에 있던 직원이 나왔다. 용건을 이야기하니 공장 안으로 들어가 반영재 대표 이름을 불렀다. 잠시 후 깡 마른 몸에 안경을 낀 반 대표가 나왔다. 두르고 있는 앞치마엔 밀가루가 하얗게 묻어 있었다. 빵 굽는 직원이 대여섯 명이나 있음에도 불구하고 빵을 직접 굽는가 보다.

간단한 개인 소개 후, 빵집에서 일해 보고 싶다고 말했다. 그는 대답 대신 내가 하고자 하는 빵과 빵집에 대해 이것저것 물어보았다. 직접 기르고 있는 밀로 빵을 굽고 싶다고 했다. 그는 우리밀의 한계와 우리밀 빵집의 어려움에 대해 이야기하였다. 나는 밀 품종의 다양성이 우리밀이 놓여 있는 현실을 타개하는 유일한 방법이라고 말하였다. 하지만 그는 나의 말에 수긍하지 않는 눈치였다. 그렇게 대화가 길어졌다. '어 이러다 그냥 집에 가겠는데?' 조바심이 나기 시작했다. 조바심을 숨기기 위해 나는 시종일관 테이블에서 올려놓았던 두 손을 내리고 몸을 뒤로 젖혀 의자 등받이에 기댔다. 그리고 대화 주제가 한 두 개 더 지나가자 그의 몸이 내 쪽으로 기울어지기 시작했다. '합격이군!' 잠시 후 그는 언제부터 빵집에 나올 수 있는지 물어봤다.

2017년 9월 중순, 더벨로에서 빵집 실습이 시작되었다. 일주일에 3일 빵집으로 출근하였다. 아침 7시에 시작하여 빵 주문량을 다 채우면 끝나는 일정이었다. 빵 굽는 일은 30분간의 점심시간을 제외하면 두 발로 서서 끊임없이 몸을 놀려야 하는 중노동이었다. 첫 2주가 지나고 나는 페이스북에 이런 소회를 남겼다.

2주 차 빵집 실습이 끝났습니다. 이제 적응할 때도 되었는데 몸을 쓰는 일은 여전히 서툴고 힘듭니다. 잠깐의 쉬는 시간, 부재중 전화를 남긴 친구 녀석에게 전화를 했습니다. 그 힘든 일을 굳이 하려는 이유가 뭐냐고 묻습니다. 글쎄 왜 그럴까... 뜻하는 바가 있어서? 화두로 삼고 있는 일을 실현하고 싶어서? 그냥 좋아서?

둥글리기, 세컨드네이처가 되다.

빵 만드는 공정 중에 둥글리기(영어로는 preshape이라고 한다)라는 공정이 있다. 원하는 빵 크기에 맞게 반죽을 나눈 후, 빵 모양을 만들기 전 반죽 나누기로 흐트러진 반죽을 한 덩어리로 잘 모아주는 공정이다. 동그란 공 모양으로 만들기 위해 반죽을 바닥에 둥글린다고 해서 '둥글리기'라고 부른다. 한 명이 반죽을 정해진 무게로 자르면 다른 한 명이 둥글리기 해서 줄을 맞추어 늘어놓는다. 하루에 수천 개의 빵을 굽는 빵공장에서 초보인 내가 할 수 있는 건 이 둥글리기가 다였다. 제빵 공정 중 빵 품질에 미치는 영향이 극히 미미한 공정이기 때문이다.

숙련자들이 하는 걸 보면 아주 쉬워 보이지만 막상 해보면 맘대로 안 되는 게 둥글리기다. 손은 열심히 돌아가는데 반죽은 모아지지 않고 헛돌기 일쑤다. 둥글리기는 맘처럼 되지 않고 손 빠른 선배 제빵사가 분할한 반죽은 산더미처럼 쌓여가고. 처음 며칠은 정말이지 진땀이 났다. 하지만 시간이 지나자 둥글리기가 손에 익었다. 그렇게 안되던 것이 두세 번 원을 그리면 동그란 반죽이 되었다. 나중엔 선배들과 수다 떨면서 할 만큼 여유가 생길 정도였다.

기술을 익히는데 많은 연습만 한 것이 없다. 그렇게 몸으로 익힌 둥글리기는 나의 세컨드 네이처가 되었다. 이때 익힌 기술은 나의 소중한 자산이다.

하루하루 버티다 보니 어느덧 예정된 한 달이 지났다. 빵집에서 제공받은 신발, 옷 등 물품을 모두 반납하고 모두에게 인사한 후 더벨로를 나섰다. 10월 중순의 파란 가을 하늘이 그제야 눈에 들어왔다.

린스타트업!?

에릭 리스의 《린 스타트업》. 빵집을 구상하며 읽은 책 중의 하나이다. 밑줄 그어가며 여러 번 정독할 정도로 시사점이 많았다.

저자는 불확실한 사업 환경에서 지속적 혁신을 실현할 수 있는 창업 방법론을 제시한다. 제품 출시, 고객 반응 측정, 제품 개선의 사이클을 단기간 내에 빠르게 돌려, 사업 성공 확률을 높이는 것이 이 방법론의 핵심이다. '제품 개발과 생산-측정-학습'의 과정을 반복하면서 꾸준히 혁신해 나가야 하고, 빠른 사이클을 위해서 가벼운(린, lean) 투자, 조직, 프로세스가 필요하다는 것이다.

돌아보면 내가 했던 빵집은 린스타트업과는 다소 거리가 멀었다. 초기 투자는 빵집 수익 규모에 비해 과했고, 제품 개발은 느릿느릿했고, 학습과정은 더뎠다. 개발-측정-학습의 모든 단계에서 혁신의 사이클이 돌지 않았다. 마치 좁아진 혈관처럼, 영업이 끝나면 버려지는 빵은 늘어만 갔고 이에 반해 매출과 수익성은 떨어졌다.

밑줄을 그어가며 책을 읽었건만 공부한 거 따로, 현실 따로 였다. 린스타트업이 될 수 없었던 빵집 도전은 무모한 도전이었다. 물론 린스타트업이 창업 성공을 100% 보장하는 보증수표가 될 순 없다. 다만 성공의 확률을 높이는 수단은 될 수 있을 것이다. 하지만 나는 그 수단을 나의 창업에 잘 적용하지 못했다.

나의 동네 빵집 도전이 비록 린스타트업은 아니었지만 그 과정에서 배운 게 있다. 다름 아닌 린스타트업이 중요하다는 사실이다. 가벼운 몸집과 빠른 사이클은 정말 중요하다는 걸 경험을 통해 깨달았다. 특히 겪어보지 않은 새로운 분야에서의 창업에서는 더 그렇다.

인생에서 100% 완벽한 실패란 있을 수 없다. 실패를 통해 귀중한 교훈을 얻기도 하니 말이다. 이게 삶의 묘미가 아닐까?

빵집을 열다

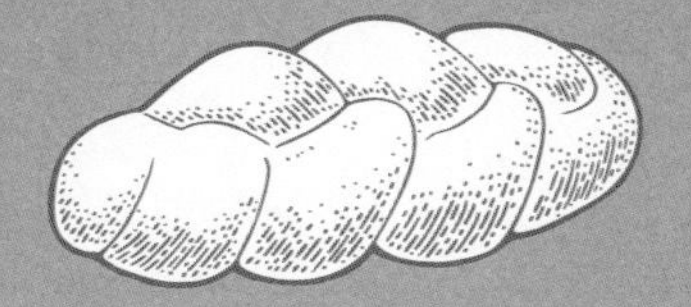

아쥬드블레라는 빵집 이름이 나오기까지

"아쥬 아저씨 어때?"

평소 알고 지내던 딸내미 친구 아빠가 전화로 던진 말이다.

"네? 뜬금없이 무슨 말이에요?"

"아~ 빵집 이름 정해야 한다면서요. 빵집 이름으로 아쥬 아저씨 어떠냐고?"

"그게 무슨 뜻인데요?"

"아저씨의 시대. 아저씨 두 명이 하는 빵집이니 이것도 괜찮지 않아요?"

내가 열었던 빵집, 아쥬드블레(Âge de Blé)라는 이름은 이렇게 시작되었다. 빵집 개업을 준비하면서 가장 심혈을 기울였던 부분을 꼽으라면 그건 바로 빵집 '이름짓기'이다. 가족끼리 모였다 하면 서로 경쟁적으로 이름을 이야기하였다. 주위 분들, 특히 언어 감각이 좋은 분들께도 좋은 이름 지어달라고 부탁을 드렸다. 하지만 맘에 쏙 드는 이름은 잘 나오지 않았다. 매일같이 이어지는 이름 짓기 과제에 딸도, 아내도, 나도 지쳐가고 있었다. 그때 받은 딸의 친구 아빠의 전화는 먹구름으로 어두워진 하늘을 가르는 한 줄기 환한 번개와 같이 막혀 있던 길을 뚫어주었다. 아쥬라는 이름을 받으니 이름 짓는 건 일사천리로 진행되었다.

빵집을 준비하는 동안 나는 프랑스어를 공부하고 있었다. 감미로운 음악 같은 프랑스어에 빠져 있던 나는 프랑스어로 된 빵집 이름을 가지고 싶었다. 그래서 빵집 이름에 블레(Blé)라는 단어를 쓰겠다고 이미 마음 속으로 정해놓고 있었다. 블레는 프랑스어로 밀이라는 뜻이다. 빵을 구우면서 밀의 가치를 알게 되었고 빵집을 통해 그 가치를 전하고 싶었기에 이름에 밀이 들어갔으면 했다. 게다가 프랑스어 블레는 입에도 착 달라붙기까지 하니 이름으로 손색이 없었다. 하지만 블레만으로는 뭔가 허전했다. xx블레 또는 블레xx처럼 블레 앞 혹은 뒤에 뭔가가 더 붙었으면 싶었다. 딸의 친구 아빠가 건네준 아쥬(Âge)로 내 고민은 한 순간에 해결되었다.

아쥬드블레(Âge de Blé)라는 빵집 이름은 이렇게 탄생하였다. '밀의 시대'로 번역할 수 있지만 나는 '곡물의 시대'로 소개하길 좋아했다. 개업 전 출사표처럼 쓴 빵집 소개 글에서 썼듯이 나는 밀뿐만 아니라 우리 땅에서 나는 곡물을 모두 활용하여 빵을 굽고 싶었기 때문이다.

이 땅에서 자연의 방식으로 기른 밀과 잡곡 등 곡물로 만든 건강한, 곡물 본연의 맛과 풍미가 살아있는 맛있는 빵을 향한 가치를 담았습니다. 곡식을 기르시는 얼굴 있는 농부와 소비자를 연결하는 플랫폼으로서의 빵을 추구합니다.

빵집을 열고 많은 분들께서 빵집 이름에 대한 이런저런 의견을 주셨다. 빵집 이름이 너무 어렵다, 입에 붙지 않는다라는 의견이 주였다. 지금도 재미 삼아 검색창에 빵집 이름을 검색해 보면 아주드블레, 아쥬드빌레 등 다양한 이름이 검색된다. 빵집 이름에 대해 장황한 설명을 드리면 돌아오는 한결같은 반응도 있었다.

"빵집 이름이 너무 인문학적이네요."

"좋긴 한데, 이름이 빵집 주변과는 잘 어울리지 않는 것 같아요."

"빵집 이름이 좀 이상해요."

지인과 함께 온 손님이 말했다. 빵집 이름에 대해 물어보신 손님은 많았지만 이름이 이상하다는 분은 이 분이 유일무이했다. 알고 보니 불어를 전공하신 분이셨다. 솔직히 말하면 아쥬드블레(Âge de Blé)라는 말은 프랑스어에 존재하지 않는다. 문법적으로 틀린 말이기 때문이다. 문법적으로는 아쥬뒤블레(Âge du Blé)가 맞는 말이다. 모르는 바 아니었지만 아쥬드블레는 어쩔 수 없는 선택이었다. 아쥬드블레도 입에 붙기까지 한참 걸리는데 아쥬뒤블레는 더 말해 무엇하겠는가.

빈티지한 가게를 계약하다

붉은 벽돌로 지은 조그만 공장.

동네 빵집을 구상하는 내내 나의 의식 속에 자리하고 있던 이미지다. 힙한 예술, 상업공간으로 멋지게 탈바꿈한 베이징 798 예술구에 있는 공간을 염두에 두고 있었을 것이다. 798 예술구의 붉은 벽돌로 지은 군수공장 말이다.

빵집 자리를 알아보기 위해 집에서 그리 멀지 않은 양평동, 당산동, 문래동 일대를 많이도 돌아다녔다. 영등포구에 속한 이 지역들은 1970년대 이후 들어선 조그만 공장들과 오래된 단독주택들이 같이 있는 독특한 곳이다. 서울에서 거의 유일하게 남아있는 준(準)공업지구로 일부는 벌써 재개발이 되었고, 일부는 재개발지구로 지정되어 재개발을 위한 수순을 밟고 있는 중이다.

내가 이 지역에 주목했던 이유는 이곳의 독특한 분위기 때문이었다. 아직도 쇳가루를 날리며 쇠를 깎는 작은 공장들을 지나다 보면 베이징의 798 예술구를 거니는 듯한 느낌을 받았다. 한때 머물렀던 세계 도자기의 중심, 징더전의 오래된 도자기 공장

지대를 거니는 느낌도 들었다. 자그마한 공장 벽 너머로 오래된 조그만 단독주택들이 늘어선 골목길은 사합원이 밀집되어 있는 베이징 중심가의 오래된 골목길, 후통을 걷고 있는 듯한 기분이 들기도 했다. 작은 공장이든 오래된 단독주택이든 조그마한 공간을 하나 빌려 빵집을 열면 근사하겠다는 생각이 들었다.

하지만 가게 자리 구하는 일은 그리 녹록하지 않았다. 작은 공장도 오래된 단독주택도 구하기가 쉽지는 않았다. 많은 공간을 보았지만 이건 이래서 안되고 저건 저래서 곤란했다.

그러다가 찾아낸 곳이 바로 오래된 상가에 있는 선술집이었다. 환갑을 넘긴 아주머니가 점심엔 백반, 저녁엔 곱창에 술을 팔고 있었다. 안양천이 지척이고, 지하철 5호선 양평역과는 100m밖에 떨어지지 않은 초초역세권에 있는 오래된 상가 1층에 위치한 작은 공간이었다.

주위엔 여의도, 마포, 종로 쪽으로 출근하는 젊은이들이 살고 있는 원룸이 많았고, 아파트도 적당히 있었다. 지식산업센터도 세 개나 자리하고 있어 직장인들도 웬만큼 있었다. 우리 빵집이 목표로 하는 고객들이 어느 정도는 있는 위치였다. 비록 한적한 골목 안쪽이지만 뭔가 재미있는 일을 많이 벌일 수 있을 것 같았다.

곱창 냄새가 두껍게 눌러앉은 곱창집 인수 계약서에 서명하는 날, 난 이런 소회를 남겼다.

맨 처음엔 모터공장이었습니다. 양평동 공장지대의 번영을 함께 한 모터공장은 소규모 공장의 쇠락과 함께 곱창집으로 그 명운이 바뀌었습니다. 지난 3년 동안 선술집의 작부처럼 보이는 환갑을 넘긴 여사장과 그녀와 함께 소주잔을 기울이던 동네 아저씨들의 애환이 눅진한 고기 비린내처럼 고스란히 배어 있는 열 평 남짓한 공간. 공간을 가득 채우고 있던 식당 집기들이 빠져나간 공간은 혈액이 모두 빠져나간 몸처럼 스산했습니다.

양평동의 산업화, 도시화와 함께 했던 낡고 허름한 공간의 변신이 시작됩니다. 튀는 듯하면서도 주변의 작은 공장들과 어우러지는, 주위에 사는 다양한 계층의 지역 주민들과 함께 하는, 생명과 흙 지키기를 업으로 하는 이 땅의 농민들과 함께 하는, 멋지고 맛나고 건강한 빵을 만드는 빵집을 열겠습니다.

공사가림막

2017년 12월 동네 빵집 아쥬드블레의 인테리어 공사를 시작했다. 공사 중인 빵집 앞에 가림막을 하나 걸었다.

가림막을 유심히 보고 계시던 현장 반장님 친구 분이 한마디 하셨다.

"오자가 있네요."

"네~?"

아 썩을! 정말 있다.

여기
카페 오픈하나요?

"여기 카페 생겨요?"

지나가던 분이 묻는다. 나는 빵집 공사현장을 지켜보는 참이었다.

"아뇨, 여긴 카페가 아니고 빵집이에요."

"아 그래요? 생긴 게 꼭 카페 같아서요."

12월 초 빵집 인테리어 공사가 시작되었다. 한 달 남짓이면 끝날 줄 알았다. 허나 시멘트 바닥과 마감재가 추위에 잘 마르지 않아 공사는 지체되었고, 1월이 되어서야 내부 공사가 마무리되었다. 파사드 공사가 이어졌다. 파사드(출입구 정면 외벽) 공사가 시작되면서 빵집 앞을 지나치시는 분들께 질문을 종종 받았다. 여기 카페 생기냐고.

빵집 디자인에서 가장 신경 쓴 부분이 빵집의 얼굴인 파사드였다. 아이디어로 가득한 핀터레스트를 며칠간 들여다본 결과 아주 맘에 드는 파사드 사진을 발견하였다. 철판으로 마감한 벽에 나무로 짠 문틀이 잘 어울리는 피자집 파사드였다. 특히 프러시안 블루와 나무 색의 조화가 눈길을 잡았다. 사진을 보는 순간 바로 이거다 하는 생각이 들었다. 인테리어 설계하시는 분께 사진을 보여드리며 내가 생각하는 것들을 이야기하고 안을 확정하였다.

파사드 공사는 지지대를 벽면에 붙이는 것으로부터 시작되었다. 그 지지대 위에 아연도금 철판이 붙여졌다. 곳곳에 흉하게 드러나 있는 용접 자국을 보며 저게 내가 상상한 파사드가 될 수 있을까 하는 심한 의구심이 들었다. 실망감에 현장을 떠났다.

다음날 다시 찾은 빵집엔 프러시안 블루로 멋지게 칠해진 파사드가 나를 반겼다. 근처 고물상에서 미리 가져다 놓은 드럼통도 예쁘게 칠해져 있었다. 드럼통의 색도 미리 지정해 놓았었다. 보르도 레드, 바로 프랑스 보르도 와인 색이다. 보르도 레드는 내가 프랑스에서 구해 와서 기르고 있던 프랑스 토종밀 Rouge de Bordeaux의 영어식 이름이기도 하다.

며칠 후 아쥬드블레라는 빵집 이름도 파사드 위쪽에 붙였다. 보르도 레드로 예쁘게 칠해진 드럼통 위에는 두꺼운 철판을 잘라 만든 빵집 로고 돌출간판도 걸렸다. 프러시안 블루의 아연도금 철판, 보르도 레드의 드럼통, 그리고 그 위에 로고가 새겨진 돌출간판. 야심차게 준비한 빵집의 포토존이었다. 하지만 당황스럽게도 여기서 찍힌 사진은 단 두 장뿐이다. 빵집 정식 오픈전 나와 동업자가 각각 찍은 두 장의 사진이 전부이다. 빵집을 열고 몇 달이 지나 드럼통이 치워졌다. 구매가 10%의 헐값으로 원래 고물상으로 돌아갔다. 다시 몇 달 후 돌출 간판도 떼어졌다. 드럼통이 없어진 공간으로 지나다니는 행인들이 돌출 간판에 부딪쳐 부상을 입을 위험이 있었기 때문이다. 이렇게 포토존은 사라졌다.

2005년 한국의 경영계에 불어 닥친 열풍이 있었다. 바로 블루오션 전략이다. 경쟁이 치열한 핏빛 시장이 아닌 경쟁이 없는 새로운 시장을 창출하자는 전략이다. 이 전략의 핵심은 차별화와 저비용을 동시에 추구하는 것이다. 서로 상반될 듯한 두 개의 전략을 동시에 실현할 수 있도록 고안된 것이 바로 ERRC였다. 즉 제거(Eliminate), 감소(Reduce), 증가(Raise), 창조(Create)이다. 고객가치 창출에 도움이 되지 않는 요소는 과감히 제거, 감소시켜 비용을 낮추는 동시에 가치 창출에 도움이 되는 요소는 늘리거나 창조하여 차별화를 실현하자는 것이다. 당시 대기업 전략기획팀에 있던 나는 2년을 블루오션 전략의 바다에서 헤매고 다녔고, 당시 짜낸 사업 전략도 적지 않았다.

정작 이런 경험이 내 삶에는 응용이 잘 되지 않는다. 회사 일은 나의 사업이 아닌 까닭에 객관화가 가능하지만 자신의 일은 객관화가 쉽지 않기 때문일 것이다. 돌이켜 보면, 즉 객관화시키면 포토존이라고 만들었던 화려한 아연도금 철판도, 보르도 레드로 예쁘게 칠한 드럼통도, 두꺼운 철판을 오려 만든 돌출 간판도 동네 빵집에선 별 필요 없는 것들이었다. 하나같이 E에 해당하는 요소들이었다.

하지만 나는 당시 그런 선택을 한 나를 이해할 수 있다.

자영업은 처음이었으니까.

빵집의 심장,
오븐을 들이다.

빵을 만드는데 가장 중요한 설비는 무얼까? 나는 오븐이라고 생각한다. 오븐의 성능은 빵의 부피, 크러스트의 색과 식감, 내상 등 빵의 품질을 결정하는 대부분의 요소들에 큰 영향을 준다. 오븐의 성능은 열적 특성과 스팀 생성기의 특성에 좌우된다. 내부 온도의 균일성, 정확한 온도 조절, 열 저장능력이 뛰어난 돌바닥, 높은 단열성, 미세한 스팀 생성 등의 특성을 가지면 좋은 오븐이다. 성능이 좋은 오븐은 당연히 비싸다. 조그만 동네 빵집으로선 부담되는 가격이었지만, 좋은 빵을 위해 좋은 오븐에 투자하기로 했다.

빵집에 들여놓을 오븐은 일찌감치 정해 놓았다. 위쪽에 빨간색 로고가 선명하게 박혀있는 스페인산 살바 데크 오븐이다. 12월에 열린 베이커리 페어에 출품된 수많은 오븐 중에 유독 눈길을 끈 오븐이다. 오븐 선택에 가장 영향을 준 건 해당 오븐으로 빵을 굽는 베이커였다. 베이커리 페어에 참가한 오븐 업체들은 회사의 베이커들이 전시장에 와서 반죽해서 빵을 굽는다. 살바 오븐 앞에선 맘씨 좋게 생긴 살바 그룹의 헤드 베이커 하비에(Javier)가 두툼한 손으로 빵을 굽고 있었다.

서너 가지 빵을 굽고 있는 그의 옆에서 한참을 머물렀다. 오븐뿐만 아니라 빵 만들기에 대해 이런저런 질문을 하고, 오븐에서 멋지게 구운 빵도 같이 맛보았다.

좁은 빵집에 4매 3단*의 커다란 오븐을 들여놓으니 그 존재감이 뛰어났다. 빵집을 찾은 손님들의 눈길을 끌기에 손색이 없었다. 베이커리 페어에서 이 오븐으로 구운 멋진 빵들을 이미 보았기 때문에 나도 당연히 멋진 빵을 구울 수 있을 것이라는데 한치의 의심도 없었다.

하지만 현실은 달랐다. 베이커리 페어에서 하비에가 구워 냈던 그런 빵은 나의 오븐에서 쉽게 나오질 않았다.

살바 데크 오븐은 다른 회사의 오븐과는 다른 독특한 시스템을 사용한다. 오븐의 윗불과 아랫 불을 조절하는 시스템이 바로 그것인데 윗불 240도, 아랫 불 230도 등과 같은 설정이 아닌 온도 240도 윗불 **%, 입구 **%, 아랫 불 **% 식으로 설정하게 되어 있다. 문제는 모든 빵의 레시피가 윗불 240도, 아랫 불 230도 식으로 되어 있기에 살바 오븐에서는 어떤 식으로 설정해야 할지 막

* 4매 3단: 오븐 크기 기준. 600mm*400mm 빵 팬이 4장 들어가는 챔버가 3단이 있다는 의미

막했다. 누구도 이에 대한 올바른 설정 방법을 가르쳐 주지 않았다. 심지어 이 오븐을 파는 국내 총판의 엔지니어도 온도 설정 방법에 대한 데이터를 가지고 있지 않았다. 결국은 수많은 시행착오를 거쳐 스스로 설정 값을 알아내는 수밖에 없다.

바게트, 뤼스틱, 사워도우 등 유럽빵은 바삭한 크러스트가 생명인데 좀처럼 바삭한 크러스트의 빵을 구워낼 수가 없었다. 크러스트가 바삭해지면 색이 너무 진하게 나고 색이 적절하게 나면 크러스트가 금세 눅눅해지는 현상이 반복되었다. 적절한 오븐 설정을 찾아내지 못했기 때문이다.

하비에가 다시 한국에 오기만을 기다렸다. 베이커리 페어는 12월에 열린다. 빵집은 1월에 오픈했으니 11개월 동안 오븐 문제를 껴안고 빵집을 운영했던 것이다.

베이커리 페어 기간 이틀 동안 그를 찾았다. 바게트, 치아바타, 깡빠뉴, 브리오슈를 시연하는 그의 옆에서 오븐 설정에 대해 하나하나 물어보았다. 그는 나의 수많은 질문에 귀찮아하지 않고 성심껏 답변해주었다. 그의 답변 하나하나를 노트에 소중하게 적었다. 그가 구운 투박하나 향기롭고 먹음직스러운 치아바타와 깡빠뉴를 한 덩어리씩 얻어왔다. 그의 빵은 유럽에서 먹던 바로 그 빵 맛이다.

다음 영업일, 그의 조언에 따라 오븐 온도 설정을 바꾸었다. 할렐루야! 오븐에서 나오는 빵은 내가 원하던 바로 그런 빵들이었다.

바게트는
베이커의 죽비

바게트는 베이커의 죽비다.

빵집 개업 준비에 많은 조언을 해준 소울 브레드 권순석 베이커의 말이다. 바게트는 매일 똑같은 일의 반복에 나태해지거나 관성에 빠진 베이커의 어깨를 무섭게 내리쳐 정신이 번쩍 들게 하는 죽비 같은 존재라는 뜻이리라.

바게트는 아주 기본적인 빵이다. 밀가루, 물, 소금, 약간의 이스트만 있으면 구울 수 있다. 하지만 바게트를 제대로 굽는 것은 생각보다 간단치 않다. 제대로 된 모양을 만들기도 만만찮을 뿐만 아니라 기본 재료만으로 제대로 맛을 내기도 쉽지 않기 때문이다. 제대로 된 밥을 짓기가 쉽지 않은 것과 같은 이치이다.

매일같이 빵을 굽는 베이커들에게도 바게트는 언제나 큰 도전이다. 바게트를 만드는 모든 단계에서 정신을 바짝 차려야 한다. 어떤 한 단계에서라도 방심하거나 실수를 하면 그 날 바게트는 실패작이 된다. 바게트가 베이커의 죽비인 이유이다.

오븐을 들여놓고 빵집을 정식으로 열기까지 줄곧 테스트 베이킹을 했다. 빵집에서 판매할 빵에 대한 레시피를 미세 조정하는 작업이었다. 다른 빵은 금세 조건을 잡았지만 바게트가 말썽이었다. 한동안 단면이 동그랗고 통통하고 겉은 까맣게 탄 바게트가 구워져 나왔다. 어느 날은 모양이 심하게 뒤틀린 바게트가 나왔다.

허둥지둥 환장할 노릇이었다. 예정된 개업일은 하루하루 다가오고 있었다. 여러 가지 원인을 상정하고 매일같이 테스트 했다. 물의 양을 적게도 많게도 해서 구워 봤다. 하지만 여전히 해결책은 되지 못했다. 오븐에 적응하지 못한 탓일지도 모른다는 생각에 반죽을 해서 익숙한 오븐이 있는 곳에 가서 바게트를 구워 봤다. 옳거니! 익숙한 오븐에 구우니 '바게트다운' 바게트를 구울 수 있었다. 원인은 오븐의 온도 설정에 있다는 결론을 내렸다.

오븐 온도를 이리저리 조정하며 바게트를 구웠다. 한 번 언급한 것처럼 살바 오븐의 온도 설정 방식은 다른 오븐과는 큰 차이가 있다. 며칠간의 테스트 베이킹을 통해 원하는 것과 비슷한 수준까지는 이르렀지만 여전히 만족스럽지 못했다.

성에 차지 않는 바게트로 거의 1년을 마음 고생했다. 하지만 최적의 설정값은 고생한 것에 비해 아주 쉽게 얻어졌다. 12월에 베이커리 페어를 찾은 오븐 제조사 헤드 베이커의 조언이 해결책이 되었다. 하비에가 가르쳐준 설정값으로 맞추고 나니 내가 원하던 바로 그 바게트를 구울 수 있었다.

프랑스를 대표하는 식사빵, 정신이 번쩍 들 만큼 찐한 에스프레소 한 잔과 함께 하면 간단하면서도 훌륭한 아침 식사가 되는 바게트. 하나에 1유로 정도밖에 하지 않는 바게트를 위해 19세기 파리의 베이커들은 밤을 새웠고, 21세기 그곳의 베이커들은 그 누구보다 이른 시간에 빵집에 나온다.

나도 그들처럼 새벽부터 바게트를 구웠다.

빵 값이
너무한 거 아니에요?

빵집 문을 열고 며칠이 지나지 않은 어느 날, 네댓 명의 손님이 빵집 문을 열고 들어왔다. 말하는 것을 들어보니 동네 아파트에 사는 분들인 듯하였다. 진열된 빵 앞에 놓여 있는 가격표를 쭉 둘러보고는 우르르 문을 나섰다. 나간 문 뒤로 그들이 신경질적으로 던지고 간 한마디가 남았다.

"빵 값이 너무한 거 아니야? 강남도 아니고…"

유기농 우리밀과 좋은 재료로 만들어서 어쩌고저쩌고 설명하고 싶었으나 내 입에선 '네'라는 짧은 한마디만 나왔다.

그 후로 그들을 다시 볼 수 없었다.

죄송합니다. 오늘은 빵을 팔 수 없게 되었습니다.

빵집에서 빵을 굽다 보면 갖가지 실수를 범하게 된다. 넣어야 할 재료를 빠트릴 때도 종종 있다. 대표적인 것이 소금이다. 어떤 때는 빵 성형에 집중하다 오븐에서 빵 꺼낼 타이밍을 놓쳐 '아 오븐에 빵!' 하는 순간 오븐 속에서 새까맣게 탄 빵을 꺼내야 할 때도 있다. 잠이 덜 깬 새벽 시간, 잠깐 정신 줄을 놓는 순간 이런저런 문제가 생긴다. 빵집에서는 많은 수의 반죽으로, 다양한 빵을 굽기 때문에 이런 실수로 생기는 문제는 특정 빵에만 영향을 준다. 문제가 생긴 빵은 아깝지만 버리면 된다.

하지만 빵 만드는 설비가 오작동이라도 하면 이건 차원이 다른 문제이다. 가끔 말썽을 일으키는 것이 도우콘, 즉 냉장 발효기이다.

사실 냉장 발효기만큼 베이커의 삶을 극적으로 개선한 발명품은 없다. 빵이 주식인 서양에서는 아침으로 당연히 빵을 먹는다. 프랑스 동네 빵집의 진열대엔 아침 일찍 오븐에서 갓 나온 바게트가 올라간다. 아침 식사하는 시간을 생각해보면 바게트는 적어도 새벽 6시 이전에는 오븐에서 나와 있어야 할 것이다. 자 그럼 새벽 6시에 바게트가 오븐에서 나오려면 베이커는 대체 몇 시부터 빵을 준비해야 할까? 한 번 추정해 보자. 방법은 간단하다. 제빵 공정을 거꾸로 되짚어가면 된다. 가장 단순한 바게트 제빵법을 기준으로 해보자. 굽기 30분, 칼집 넣기와 오븐에 넣기 10분, 2차 발효 1시간, 분할과 성형 30분, 1차 발효 3시간, 계량과 반죽 30분. 총 5시간 40분이 걸린다. 중간에 다른 작업의 방해 없이 오롯이 바게트만 굽는다고 가정하면 이렇다는 말이다. 새벽 6시에 빵이 나오려면 베이커는 늦어도 자정 쯤에는 빵집에 나와 있어야 한다. 시간이 더 오래 걸리는 사전 반죽법으로 바게트를 구우려 하면 베이커가 빵집에 나오는 시간은 더 앞으로 당겨질 것이다.

이 동네에선 저녁에도 빵을 먹어야 하니 저녁 즈음에도 바게트를 구워야 한다. 저녁 6시에 바게트를 다 굽는다고 가정하면 정리하고 어쩌고 하다 보면 저녁 7, 8시가 되었을 것이다. 그럼 서너 시간 후에 다시 아침 식사용 바게트를 준비해야 한다. 19세기 파리의 베이커들을 노예라고 불렀다고 한다. 햇빛을 못 봐 온 몸에 뒤집어쓴 밀가루처럼 희멀건 한 얼굴을 한 노예와 다름없었다.

이들의 비참한 삶을 극적으로 개선한 발명품이 바로 냉장고 즉 냉장 발효기이다. 이제 베이커들은 저녁과 다음날 아침에 구울 바게트 반죽을 한꺼번에 할 수 있다. 저녁용은 발효해서 바로 굽고, 다음날 아침용은 냉장고에 넣어 둔다. 다음날 일찍, 대략 4시

반쯤 느지막이(?) 빵집에 나와도 6시에 갓 구워진 따끈한 바게트를 손님에게 내어놓을 수 있었다. 냉장고의 발명은 좁은 빵 공장에서 쪽잠 자는 고된 삶으로부터 베이커들을 해방시켰다.

그런데 베이커들의 워라밸을 향상시키는데 혁혁한 공을 세운 그 냉장 발효기가 종종 문제를 일으킨다. 그것도 아주 치명적이다.

냉장 발효기는 다양한 모드로 복잡하게 설정하여 사용할 수 있다. 하지만 사실 핵심 기능은 단순하다. 냉장고처럼 특정 온도를 일정하게 유지시켜주는 것이다. 그런데 가끔씩 냉장 발효기가 엉뚱한 일을 하기도 한다. 새벽에 빵집에 출근하여 발효기를 열었는데 반죽통 뚜껑을 밀치고 올라와 폭발해 버린 반죽. 이건 볼 것도 없이 발효기 온도가 높게 올라간 탓이다. 냉장 발효기의 스크린을 올려다보면 설정해 놓은 온도보다 훨씬 높은 얼토당토않은 온도를 표시하고 있다.

이런 날은 빵집 문을 일찍 닫는다. 그리고 빵집 출입문에는 이런 안내문을 내건다.

"죄송합니다. 오늘은 빵을 팔 수 없게 되었습니다."

고3 입시생과 엄마

빵집을 그만두고 몇 달 후 아쥬드블레를 찾았다. 빵 구울 일이 생겨 미리 양해를 구하고 빵집 설비를 하루 사용하기로 하였다. 새벽부터 준비한 빵이 하나둘씩 오븐에서 구워져 나올 무렵 빵집 문이 열렸다. 만면에 미소를 띠고 들어오신 분은 빵집 단골 중 한 분이었다.

수줍은 표정으로 빵집 문을 열고 들어오던 고등학생. 교복 입은 학생은 빵집에 처음 온 지라 이것저것 챙겨 주었다. 나중에야 그 학생이 이 단골손님의 딸인 것을 알았다. 엄마는 입시를 준비하는 딸이 좋아하는 빵을 사기 위해 일주일에 서너 번씩 빵집 문턱을 넘었고 금세 빵집의 단골이 되었다.

"불이 켜져 있길래 들어와 봤어요. 오랜만이네요. 어쩐 일로 빵집 나오셨어요?"

"빵 구울 일이 좀 생겨서요. 잘 지내셨죠? 따님도 공부 잘하고 있죠?"

"네. 대학 지원 준비할 시기인데 어디 지원해야 할지 고민하고 있어요."

"공부 잘하니 원하는 대학 갈 수 있을 거예요."

"사장님 나온 학교 가라고 권하고 있는데 어찌 될지 모르겠어요. 그나저나 빵을 좀 사다 주고 싶은데…"

"아, 더 이상 제 빵집이 아니라서 빵을 팔 수 없네요. 괜찮으시면 제가 구운 빵 좀 드릴게요. 이번에 새로 개발한 빵인데 따님 가져다 주세요. 그리고 따님한테 파이팅하라고 전해주세요."

아직 따끈한 열기를 내뿜고 있는 빵 두어 개를 봉투에 담아드렸다. 엄마는 빵 봉투를 가슴에 안고 얼굴 한 가득 미소를 지으며 빵집을 나섰다.

그 학생은 원하던 대학에 들어갔을까?

아버지와
딸

빵집에 오신 손님 중 유독 기억에 남는 분들이 있다. 빵집의 첫 번째 회원이 되어주신 슈아님, 이사 갔지만 주말이면 잊지 않고 찾아오시던 유진님, 점심 때면 프레첼을 후식으로 맛나게 드시던 직장인 두 분, 맛있는 빵 좀 구워보라며 매번 충고해 주시던 택배회사 사장님 부부, 아침 출근길 매일같이 뤼스틱 한 덩이를 사 가시던 근처 오피스에 근무하시는 사장님, 건강한 빵을 좋아하신다고 입버릇처럼 말하지만 매번 달달하고 폭신한 빵을 사 가시던 정비소 사장님.

볼 때마다 맘이 훈훈해지는 커플이 있었다. 아버지와 딸이다. 딸은 항상 나이 지긋하신 아버지의 팔짱을 낀 채로 빵집에 들어왔다. 빵집에 들어서면 아버지의 눈은 항상 부드럽고 달달한 빵에 고정되어 있었고 딸의 눈은 네모난 호밀빵으로 향했다. 아버지의 손이 달달한 빵으로 향할라치면 딸은 '아버지는 그런 빵 드시면 안돼'라고 애 나무라듯이 하며 호밀빵을 집어 내 앞으로 내밀었다. 그녀의 눈은 얼른 계산하고 빵을 싸 달라고 말하고 있었다. 그러면 나는 말 잘 듣는 아이처럼 부지런히 손을 놀려 빵을 일정한 두께로 잘라 봉투에 가지런히 담고 서둘러 계산을 했다. 빵 봉투를 건네 받은 딸에게 끌려 빵집 문을 나서는 아버지의 눈길은 여전히 달달한 빵에 가 있었다.

가끔은 아버지 혼자 빵집을 찾는 날도 있었다. 그런 날엔 달달한 빵이 수북하게 쌓인 쟁반을 계산대 위에 올리셨다. 빵 봉지를 가슴에 안고 나가시는 아버지의 뒷모습만 보아도 행복해하시는 얼굴이 보이는 듯했다.

어느 날, 우연히 아버지의 왼쪽 손을 보게 되었다. 손가락이 네 개였다. 당뇨 합병증으로 손가락 하나를 잃으셨다는 건 나중에 알게 된 사실이다.

딸은 당뇨병이 있는 아버지를 위해 호밀빵을 사 갔던 것이다. 딸의 그런 의도를 모르지 않을 아버지이지만 때때로 입에서 당기는 달달한 맛을 포기할 순 없었나 보다.

카일Kyle의 생애 첫 빵 _ 지속 가능한 먹거리

빵집이 자리 잡고 있는 양평동엔 외국인들이 많이 살고 있다. 특히 영어권에서 온 젊은 친구들이 많다. 이들은 대부분 근처 목동에서 학원이나 유치원 영어 강사로 일한다.

담백한 식사빵을 찾는 이 친구들에게 아쥬드블레는 참새 방앗간 같은 곳이었다. 특히 사워도우, 뤼스틱, 바게트가 이들에게 인기가 좋다. 카일도 그들 중 한 명이다. 미국인인 그는 한국에 온 지는 8개월쯤 된다. 그도 영어를 가르친다.

카일은 종종 빵집에 와서 빵을 사 갔다. 올 때마다 빵을 두 개씩 샀다. 하나는 자기가 먹고 다른 하나는 여자 친구에게 준다고 했다. 그날도 여느 때처럼 빵 두 덩어리를 샀다. 빵 값을 계산하는데 뭔가 하고 싶은 말이 있는 눈치였다. 머뭇머뭇하더니 조심스럽게 입을 연다.

"나 빵 굽는 거 배워보고 싶은데 가르쳐 줄 수 있어?"

"빵은 좀 구워 봤고?"

"미국에 있을 때 집에서 사워도우 빵을 몇 번 시도해 봤는데

다 실패했어. 여기 사워도우 빵이 너무 맛있어서 다시한번 배워보고 싶네. 가르쳐 줄 수 있어?"

"그러지 말고 너 시간 될 때 일찍 나와서 나하고 같이 빵을 구워 보는 건 어때?"

"정말 그래도 될까?"

"당연하지. 언제든 시간 될 때 와. 하루 전에 미리 연락해 주면 더 좋고."

기쁜 표정으로 연신 고맙다는 말을 하고 카일은 빵집을 나섰다. 며칠 후 그에게서 전화가 왔다.

다음날 새벽 카일이 빵집을 찾았다. 전날 만들어서 냉장 발효한 반죽을 분할, 성형해서 2차 발효하고 굽는 동안 그와 많은 이야기를 나누었다. 평소 사워도우 빵 굽기에 관심이 많았던 카일은 유튜브에서 사워도우 베이킹 관련 채널을 구독하여 빵 만들기 동영상을 보고 있었다. 알고 보니 이 친구 지속 가능한 먹거리, 지속 가능한 삶의 방식 등에 관심이 많았고, 크래프트 비어 양조장에서 5년 동안 일한 경력을 가지고 있었다.

눈썰미도 좋고 학습능력도 뛰어난 카일은 직접 빵을 만드는 건 익숙지 않았지만 금세 작업 환경에 적응했다.

다음번에는 그의 주 특기인 맥주를 가지고 빵을 만들어 보기로 했다. 나는 맥주 빵 레시피를 준비하고, 카일은 맥주를 준비하기로 했다. 향이 좀 강한 종류가 좋을 것이라고 했더니 스타우트나 에일 맥주를 준비하겠다고 했다.

그로부터 일주일 뒤 카일은 맥주 두 캔을 들고 환하게 웃으며 빵집 문을 열고 들어왔다. 그가 선택한 맥주는 에일과 다크 스타우트였다. 에일은 수입산이고 다크 스타우트는 국내산이었다.

빵집에서 판매할 빵을 다 만든 후 그의 빵을 같이 반죽하였다. 르방, 호밀 르방을 같이 사용한 사워도우 빵이고 같은 레시피에 맥주만 다르게 넣었다. 손반죽과 기계 반죽하는 법을 보여주고자 하나는 손반죽을, 다른 하나는 믹서로 반죽하였다. 1차 발효 3시간 동안 접어주기 네 번을 하였고, 2차 발효 30분 후 오븐에 넣었다.

에일과 다크 스타우트 모두 향이 강한 맥주라 반죽에서도 맥주 향이 강하게 올라왔다. 하지만 맥주 향은 1차 발효 3시간 동안 점점 옅어져, 오븐에서 나온 빵에는 미미한 정도의 향만 남아 있었다. 수분량만 적절하게 조정하면 맛도 향도 모양도 좋은 빵이 될 것 같다.

자신의 첫 번째 빵을 오븐에서 꺼내는 카일의 얼굴엔 즐거움이 가득 묻어 있다. 그날 오후 카일이 카톡을 보내왔다.

> The bread was excellent. Pretty subtle taste of beer and sourdough but really nice. Thanks for another good day and for being patient with me as I learn.

즐거운 하루다. 누군가에게 꼭 맞는 그만의 빵을 디자인해주는 일, 참 재미있다.

카일은 시간이 날 때마다 빵집을 찾아와 같이 빵을 구웠다. 빵을 구우며 우리는 많은 이야기를 나누었다. 사워도우 빵에 관심이 많은 그는 사워도우 빵에 대한 많은 질문을 했다. 로컬 그레인(local grain), 퍼머컬처(permaculture), 크래프트 비어 등 공통의 관심사에 대한 서로의 의견을 나누었다.

그러던 어느 날 카일은 미국으로 돌아가게 되었다고 했다. 같이 해 보고 싶은 일들이 많았는데 아쉬웠다.

그동안 즐거웠다. 그와 같이 빵 굽던 시간이 그리울 것 같다.

축하드립니다.
1000번째 회원이 되셨습니다.

1000번째 회원을 맞았다. 첫 번째 회원이 등록한 지 7개월 만이다. 예상을 훨씬 뛰어넘는 속도였다.

빵집엔 회원제를 두었다. 카페에서 흔히 볼 수 있는 스탬프 찍는 카드도, 구입액의 일정 비율을 적립금으로 쌓는 방식도 아니었다. 뭔가 특별한 회원제를 만들고 싶었다. 고민 끝에 A4 용지에 인쇄된 회원 카드에 빵집 로고가 찍힌 스티커를 붙이는 방식을 채택하였다. 회원으로 등록하면 회원 번호가 적힌 자신만의 회원 카드가 생긴다. 회원 카드는 파일 폴더에 꽂은 후 빵집 한 편의 테이블 위에 올려놓았다. 빵집에 올 때마다 자신의 카드를 찾아 스티커를 하나씩 붙인다. 스티커가 10개가 되면 원하는 빵을 하나씩 가져갈 수 있다. 처음 생각은 10개 단위로 다른 자격을 부여할 계획이었다. 10개면 빵 한 개, 20개면 빵 식탁 초대, 30개면 메뉴 개발 참여... 하지만 이런 계획은 실현되지 못했고, 10개가 채워질 때마다 빵 하나를 가져가는 것으로 정리되었다.

회원제에 대한 반응은 다양했다. 초디지털 시대를 거스르는 초아날로그 방식이라며 재미있어 하는 분이 있는가 하면, 매번 이렇게 불편하게 회원카드를 찾아야 하냐며 역정 내는 분도 있었다. 스티커를 하나라도 더 붙이려 한 번에 살 빵을 두 번에 나누어서 사는 분이 있는가 하면, 우리는 주말 밖에 시간이 안되어 자주 오지 못하고 한 번에 많은 양을 사는데 스티커는 하나밖에 붙일 수 없으니 불공평하다고 불평하시는 분도 있었다.

이 회원제에는 빵집 매출에 대한 기대치가 담겨 있다. 1차 목표는 1000명의 회원 확보였다. 회원 1000명이 한 달에 세 번 빵집을 방문하면 한 달 손님 수는 3000, 평균 구매액을 7000원이라 하면 한 달 매출액은 21,000,000원. 뭐 이런 식이었다. 회원이 1000명만 되면 빵집해서 큰돈은 못 벌어도 먹고는 살 수 있을 것 같았다.

빵집을 열고 7개월 만에 1차 목표였던 1000번째 회원을 받았다. 하지만 매출액은 여전히 기대했던 것과는 큰 차이가 있었다. 회원 수 1000명이면 적지 않은 수인데 도대체 뭐가 문제일까?

8권이 넘는 파일 폴더를 꺼내 회원카드를 빠르게 넘겨봤다. 문제의 원인을 알아차리는 데는 오랜 시간이 걸리지 않았다. 두세 권을 넘겨보는 것만으로도 충분했다.

낮은 재방문율이 문제였다. 개중엔 스티커가 무려 70여 개 붙어 있는 카드도 있었다. 하지만 스티커가 하나만 붙어있는 회원카드가 대부분이었다. 이들을 다시 빵집으로 불러올 수 있는 뭔가가 필요했다. 절실히.

이제 막 걸음마하는 아기를 안고 온 1000번째 회원을 기념하며 나는 페이스북에 이런 글을 남겼다.

항상 아쥬드블레를 찾아주셔서 고맙습니다. 좋은 재료로 더 맛있고 건강한 빵을 만들기 위해 최선을 다하겠습니다.

여전히 문제의 본질엔 접근하지 못하고 있었다.

건강한 빵 말고 맛있는 빵 2

"건강 빵 말고 맛난 빵을 좀 구워 봐."

김태현 대표는 만날 때마다 이렇게 말했다. 그는 바이러스 치료제를 연구하는 바이오 회사의 대표이다. 코로나바이러스가 창궐하는 요즘 그의 회사는 한창 몸값이 올라가고 있다.

그와의 인연이 벌써 5년째다. 그를 처음 알게 된 건 서울시 시민정원사학교를 통해서다. 프로그램 중 하나였던 도시텃밭 강의에 나선 강사가 도시텃밭 모범사례로 수원에 있는 일월텃밭을 소개했다. 소개 자료에 있는 사진 속의 그는 일월텃밭 한가운데 말끔한 양복차림에 삽을 들고 있었다. 그는 일월텃밭의 텃밭지기였다.

어허 물건일쎄. 인터넷에서 그에 대해 찾아보았다. 곳곳에서 그에 대한 이야기들을 찾아볼 수 있었고 페이스북에서도 그를 찾았다. 바로 친구 신청을 했고 얼마 후 그와 페이스북 친구가 되었다. 페이스북에는 당시 그가 운영하는 일월텃밭에서 진행되는 다양한 행사 소식이 올라왔다. 하루는 텃밭텃밥이라는 행사 공지가 올라왔기에 바로 참가신청을 했다. 텃밭텃밥은 텃밭에서 나는 수확물로 음식을 해 먹는 행사였다. 텃밭에서 이루어지는 일종의 팜투테이블 활동이었다.

그날 이후 그와 나는 텃밭 친구가 되었고 매주 일요일 새벽에 텃밭에서 만났다. 일종의 텃밭 조찬모임이었다. 때로는 그가 빵집에서 샌드위치를 사 왔고 나는 종종 내가 구운 빵을 들고 갔다. 내가 구운 딱딱한 빵을 그는 별로 좋아하지 않았다. 하지만 폭신하고 달달한 빵을 볼 때면 반색을 했다. 그럴 때면 '이런 맛있는 빵을 구워야 빵집 장사가 잘되지'라며 어디어디 가면 맛있는 빵 있으니 가서 맛을 보라는 둥, 이런저런 빵을 구워 보라는 둥 조언을 아끼지 않았다.

빵집이 생각처럼 되지 않는 걸 알고 있었기에 그는 행사가 있을 때면 빵을 주문했다. 고마운 일이었다. 당시 그가 열성적으로 준비했던 지구생태 세미나라는 행사에도 우리밀로 구운 단팥빵을 주문했다. 이후 나의 밀과 빵 이야기가 신문에 실렸는데 그 계기가 바로 그가 주문한 우리밀 단팥빵이었다.

나는 지금 그의 회사에서 일하고 있고, 그는 나의 보스가 되었다.

커피는
팔지 않아요

나는 드라마를 즐겨본다. 스토리가 탄탄한 드라마를 특히 좋아한다. 이태원 클래스가 바로 그런 드라마였다. 아무것도 가진 것 없는 20대의 젊은이가 장가라는 요식업 공룡기업의 총수와 대결해 총수를 무너뜨린다는 게 드라마의 주요 스토리였다. 현실에선 절대로 일어날 수 없는 일이지만, 사필귀정으로 끝난 드라마를 보며 통쾌함을 느끼기도 했다. 무모한 도전을 이어가는 가게 주인 박새로이와 가게 매니저 조이서라는 두 주인공의 독특한 캐릭터는 드라마를 보는 또 다른 재미였다.

드라마 내용 중 가장 인상적인 장면은 박새로이가 새로 옮긴 가게의 주변 상권을 살리기 위해 힘쓰던 부분이었다.

장가 회장의 술수로 첫 번째 가게에서 쫓겨난 박새로이는 근처 골목에 새롭게 가게를 연다. 하지만 장사는 전과 같지 않았다. 가게를 옮기고 장사가 안 되는 건 골목 상권이 죽었기 때문이라 진단하고, 주변 가게를 돌며 간판을 고쳐주는 등 주변 상권 살리기에 직접 나선다. 주변 가게를 돕는 박새로이를 이해하지 못한 이서는 "뭐 하자는 거예요 지금"이라며 불만을 터트린다. 그러자 새로이는 "이 죽어가는 상권에서 우리만 잘해선 답이 없어. 거리 전체가 살아나게 해야 해"라고 한다.

이 드라마가 방영될 당시 나는 빵집에서 손을 뗀 상태였다. 빵집을 동업자에게 넘긴 지 이미 반년이라는 시간이 흐르고 있었다. 빵집을 운영하면서 겪은 문제점에 대해 객관적으로 바라볼 수 있는 충분한 시간이 흘렀다. 드라마의 이 장면이 내가 운영했던 빵집과 오버랩됐다. 빵집이 있던 양평동의 골목은 드라마 속 주인공이 두 번째로 단밤을 연 골목과 비슷했다. 주위에 카페, 칵테일바, 선술집이 문을 열고 있었지만 골목엔 뭔가 축축하고 음울한 분위기가 감돌았다. 어둠이 내리고 인적이 드물어지면 그럼 느낌은 더 강해졌다. 한마디로 죽은 상권이었다.

인테리어 공사를 하며 공사업자에게 특별히 부탁한 것이 있다. 간판 조명을 아주 밝게 해 달라는 것이었다. 어둠이 내리면 간판 조명을 켰고, 영업이 끝난 후에도 켜 놓았다. 어두침침한 골목을 환하게 비추어 사람들이 안심하고 걸어 다닐 수 있는 골목을 만들고 싶었기 때문이었다.

빵집엔 커피를 찾는 손님이 적진 않았다. 특히 주위 카페들이 문을 열지 않은 이른 아침에는 커피를 찾는 손님들이 빵집 문을 열고 들어왔다. 하지만 빵집에선 커피를 팔지 않았다. 커피를 팔아볼까 하는 유혹이 없진 않았다. 하지만 끝내 커피를 팔지는 않았다.

빵집 주변에는 카페가 많았다. 빵집을 중심으로 반경 100미터 내에 무려 13개의 카페가 있었다. 프랜차이즈 카페 하나를 제외하면 모두 개인이 하는 카페였다. 이들 카페는 근처 지식산업센터의 회사원과 두 개의 소형 아파트 단지 주민을 상대로 치열한 경쟁을 벌이고 있었다. 우리 빵집의 고객도 이들이었다. 커피로 카페들의 경쟁에 뛰어들고 싶진 않았다. 커피를 찾는 손님이 오면 주변 카페로 안내했다.

빵집을 열고 얼마 지나지 않아 나는 입버릇처럼 이런 말을 했다.

"우리 빵집만을 찾아 손님이 오기엔 우리 빵집의 인지도와 빵맛이 한참 부족해. 주변에 뭔가 손님을 끌만 한 게 있으면 우리도 덕을 볼 수 있을 텐데."

당시 나도 골목 상권의 중요성에 대해 인지하고 있었다. 다만, 골목 상권을 어떻게 살려야 할지 몰랐고, 골목 상권을 살리기 위한 특별한 노력을 하지 않았을 뿐-.

맘은 열공모드,
하지만 현실은…

오후 두 시에서 다섯 시까지 빵집은 한산했다. 다음날 반죽도 이미 해놓았기에, 이 시간은 온전한 나만의 시간이다. 빵집에 책을 여러 권 가져다 놓았다. 모두 밀이나 빵에 관한 책이다. 손님 뜸한 이 시간대 나는 빵 작업대 앞에 앉아 책을 펴 들었다.

몇 문단 읽을라치면 눈꺼풀이 자동으로 내려왔다. 천근만근, 그 무엇보다 무거운 게 이 눈꺼풀이다. 기지개를 켜보고 별 짓을 다해도 졸음이 달아나지 않았다.

맘은 열공모드이고 싶지만 정신 차려 보면 졸고 있는 모습을 발견하는 게 일상이었다.

베이커의 일상도 만만찮다.

만리장성
쌓을라

저녁 8시 빵집 문이 닫힌다. 영업이 끝난 빵집의 진열대엔 팔리지 않은 빵이 남아 있기 일쑤였다. 남은 빵은 다음날 베이커의 간단 식사가 되거나 냉동실에 처박히는 신세가 되었다. 문제는 남은 빵을 무한정 냉동실에 넣을 수 없다는 데 있다.

남은 빵을 처리할 방법을 찾아야 했다. 처음엔 푸드뱅크에 기부하려 했다. 하지만 생각을 금방 접었다. 다음날이 되면 딱딱해지는 사워도우 빵을 기부했다가 듣게 될 '후폭풍' 원성이 지레 걱정이 되었다. 더군다나 우리 빵은 다음날이면 이런 빵을 어찌 먹으라고 주느냐는 원성을 듣던 우리밀로 굽는 사워도우 빵이 아니던가(물론 지금은 딱딱해지는 문제를 어느 정도는 해결했다).

그럼 음식물 쓰레기로 버려야 하나? 그러기엔 너무 가슴이 아프다. 빵의 주재료인 밀을 기르기 위해 얼굴, 팔뚝 등 피부란 피부는 모두 그을린 농부 황진웅 선생의 노고와 빵을 만들기 위해 이틀간 들인 나의 정성과 노력의 결과물을 음식물 쓰레기봉투에 처박는 건 차마 못할 짓이었다.

나의 텃밭이 떠올랐다. 그래 텃밭에 내면 거기서 자라는 밀에게 좋은 거름이 되겠지. 그날부터 팔다 남은 빵을 밀가루 포대에 담았다. 20킬로짜리 밀가루 포대가 차는 데는 며칠 걸리지 않았다. 포대가 두세 개 차면 차에 싣고 텃밭으로 향했다. 텃밭 고랑에, 줄지어 자라고 있는 밀들 사이에, 퇴비 더미에도 던져 놓았다. 빵으로 쌓인 퇴비더미는 그 높이가 점점 높아져 갔다. 그 기세가 마치 만리장성이라도 쌓을 듯했다.

빵이 깔린 텃밭에선 빵 향의 향연이 펼쳐졌다. 심지이 텃밭 입구에 들어서면 희미하지만 향긋한 빵 향을 맡을 수 있을 정도였다. 텃밭에 낸 빵에겐 우리 빵집과는 달리 수많은 단골손님이 있었다. 지렁이도 공벌레도 텃밭에 살고 있는 미생물도 빵을 좋아했다. 이들 단골손님의 왕성한 식욕 탓에 빵은 금세 부숙(썩어서 익음)되어 검은색 흙으로 다시 태어났다. 영양분이 풍부한 검은 흙은 텃밭 작물에게 좋은 영양분을 제공했다. 흙에서 나온 것을 다시 흙으로 돌려주는 순환의 수레바퀴가 돌기 시작한 것이다.

남은 빵을 텃밭에 내는 일상을 반복하고 있던 어느 날 나는 페이스북에 이런 소회를 남겼다. 텃밭의 밀이 이삭을 팰 준비를 하고 있을 즈음이었다.

> 빵은 다시 밀밭으로 갑니다. 팔지 못하고 남은 빵 일주일 치를 모아 밀밭에 냅니다. 빵 위로 마른풀을 두텁게 덮어둡니

> 다. 이제 곧 이삭을 팰 밀들에게 좋은 양분이 되겠죠. 그 밀을 수확하여 다시 빵을 구울 겁니다. 밀밭과 빵집 사이의 순환이 이렇게 이루어집니다.

무심한 듯 썼지만 텃밭에 쌓여가는 빵을 보는 내 가슴은 쓰라렸다.

수요 예측 프로그램이 있으면 좋겠다

빵은 다른 음식과 다르다. 빵은 주문 받기 전에 미리 만들어 놓아야 한다. 다른 음식은 재료를 준비해 놓았다가 손님의 주문에 따라 최종 제품을 만드는 반면, 빵은 최종 제품을 만들어 놓고 손님 주문을 기다려야 한다. 그러다 보니 빵이 남기라도 하면 빵집이 입게 되는 손실이 이만 저만이 아니다. 빵 재고에는 재료비는 물론이고 전기세 등 생산비가 모두 들어가 있기 때문이다.

빵을 만드는 데는 시간이 오래 걸린다. 특히 사워도우 빵처럼 사전 반죽을 써서 빵을 구울려면 빵 하나 나오는데 이틀의 시간이 족히 들어간다. 어쩌다 장사가 잘되어 빵이 모두 팔리더라도 빵을 다시 구울 수 없으니 빵집 문을 일찍 닫을 수밖에 없다.

같은 양의 빵을 구워도 어떤 날엔 영업 마감시간 한참 전에 빵이 떨어지는가 하면 빵집 문을 닫을 때까지 진열대에 빵이 그대로 남아있는 날도 있다. 빵이 없어 찾아오신 손님을 빈손으로 돌려보내는 것도 못할 일이었다. 그리고 새벽부터 정성 들여 만든 빵이 진열대에 그대로 남아있는 것을 보면 맘이 무척 아팠다.

어느 순간부터 빵 수요예측을 할 수 있다면 좋겠다는 생각이 들었다. 수요 예측을 할 수 있다면 남거나 모자라는 빵도 없을 테니. 하지만 후미진 골목에 위치한 빵집에 대한 정확한 수요예측은 애초에 가능하지 않았다. 정기적으로 찾아주는 단골손님이 많다면 그나마 안정적인 수요가 있겠지만 단골손님이 많지 않은 신생 빵집의 수요는 들쭉날쭉할 수밖에 없었다.

빵집을 연 시간이 쌓여가면서 빵집 매출에 패턴이 있다는 것을 알게 되었다. 몇 달간의 매출 기록을 분석해 보았다. 매출 분석 시스템을 갖춘 POS의 힘을 빌면 이런 분석을 쉽게 할 수 있다. 빵집 매출은 요일 별로 차이가 있었다. 당시 빵집은 화요일부터 토요일까지 문을 열었다. 매출은 화요일과 토요일에 가장 높았고, 수요일과 목요일은 죽 쑤는 날이 많았다.

매출에 가장 큰 영향을 준 건 날씨였다. 산책하기 좋은 날엔 아침 일찍부터 손님들이 줄을 이었다. 하지만 비라도 내리면 빵집 문은 움직일 생각을 하지 않았다. 빵집 앞 골목길을 걸어 다니는 사람조차 없는 미세먼지가 가득한 날에는 모든 기대를 내려놓아야 했다. 그런 날엔 좋은 음악과 재미있는 책을 벗 삼아 하루를 넘겼다. 빵집을 준비하던 내게 어떤 베이커가 했던 말의 의미를 알 것 같았다. 그는 다음날 빵 반죽을 준비하기 전에 꼭 일기예보를 본다고 했다. 다음날 날씨 예보에 따라 구울 빵 양을 조절한다는 말이었다. 빵 반죽을 준비할 시간이 되면 언제부턴가 나도 그처럼 일기예보를 보고 있었다.

하지만 요일도 일기예보도 완벽한 수요예측 수단이 되진 못했다. 빵이 일찍 떨어지든가 텃밭으로 가든가 하는 날이 여전히 반복되었다. 다만, 텃밭으로 가는 빵의 양이 줄긴 했다.

나는 왜 빵집을 하고 있는 걸까?

빵집을 열고 일 년쯤 지난 어느 날 페이스북 타임라인에 올라온 글 하나가 눈길을 끌었다. 지구 반대편에 사는 페이스북 친구가 올린 글이다. 그는 그 동네에서 꽤 잘 나가는 베이커다. 그의 글을 우리말로 옮겨 보면 이렇다.

당신이 사랑하는 일을 하라. 당신은 ~~평생 하루도 일하지 않아도 될 것이다~~ 매일 졸라(fucking hard) 힘들게 일하게 될 것이다. 일과 삶의 균형도, 둘 간의 경계도 없이. 모든 걸 스스로 떠안으면서

당시 베이커로서의 내 삶이 이 짧은 글에 그대로 담겨있다. 새로운 삶을 찾아 시도한 동네 빵집에 나는 서서히 지쳐가고 있었다. 육체적으로도, 정신적으로도, 재정적으로도.

도대체 나는 왜 빵집을 하고 있을까….

빵집을
그만두다

2019년 4월 마지막 날 나는 빵집을 그만두었다.

Chapter 4

러시아의 추억

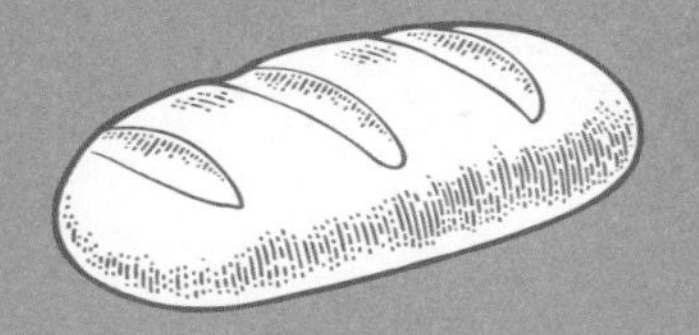

바빌로프와 보로딘스키

러시아를 찾은 2018년 여름, 한국엔 유례없는 무더위가 기승을 부리고 있었다. 40도를 넘나들던 무더위를 벗어나 나는 동업자와 함께 러시아의 파란 하늘과 서늘함을 즐기고 있었다. 러시아 여행을 위해 2주간 빵집 문을 닫았다.

페이스북을 통해 바실리라는 러시아 친구를 알게 되었다. 그는 니즈니 노브고로드라는 도시에서 밀농사를 짓고 맷돌 제분기로 밀가루를 내어 화덕에서 빵을 굽는다. 그의 페이스북 포스팅을 보면서 꼭 한번 만나보고 싶은 생각에, 2018년 봄 그의 동네에 놀러 가도 되겠냐고 물었다. 그는 흔쾌히 OK 사인을 보내왔고, 난 모스크바를 경유해 그가 살고 있는 도시로 가는 비행기표를 일찌감치 예약한 후 여름이 오기만 기다렸다.

바실리가 직접적인 계기가 되긴 했지만 내가 러시아에 관심을 갖게 된 데는 두 가지 이유가 있었다. 첫 번째 이유는 니콜라이 바빌로프(1887~1943)다. 밀에 대한 공부를 위해 이 자료 저 자료를 뒤적이다 바빌로프를 알게 되었다. 바빌로프는 러시아의 농학자로 20세기에 가장 뛰어난 식물 육종학자이자 유전학자로 평가받고 있다. 다윈의 진화론에 영향을 받은 그는 작물의 재배종이 기원지를 중심으로 다른 지역으로 전파되었다는 가설을 세웠다. 이를 증명하기 위해 중동, 아프리카, 지중해, 아메리카 대륙, 동아시아로 총 100번의 수집 여행을 떠났고, 여행을 통해 10,000종 250,000 점의 종자와 식물 표본을 수집하였다.

그는 1929년 10월부터 12월 말까지 일본, 대만, 한국을 방문하였다. 일본을 거쳐 대만으로, 대만에서 배로 한국에 들어왔고, 12월 말 한국 국경을 통해 블라디보스토크로 갔다는 기록이 남아 있다. 1929년 12월 한 달 동안 한반도를 남에서 북으로 가로지르는 수집 여행을 했을 것이다. 《Five Continents》란 책에 그의 종자 수집 여행에 대한 생생한 기록이 담겨있다. 하지만 아쉽게도 이 책에 소개된 한반도의 식물에 대한 이야기는 아주 제한적이며 인삼, 콩에 대한 이야기가 전부이다. 1929년 12월 말 한반도를 떠나는 바빌로프에게는 일본, 대만, 한국에서 수집한 3,500kg에 달하는 씨앗과 식물표본이 들려있었다. 이중 한반도에서 수집한 재배종과 야생종 콩 종자에 상당수 들어 있었을 것이다.

종자 수집 여행에서 모은 자료를 바탕으로 바빌로프는 8개 지역을 재배종 기원지로 설정하였다. 한국, 중국, 일본이 속한 동아시아도 그 중 하나이다. 동아시아는 콩, 조, 다양한 종의 채소와 과일 종의 기원지로 전 세계 재배종의 20%가 여기서 기원했다고 하였다. 동아시아의 재배종에 대해 바빌로프가 남긴 평가 중 인상적인 부분은 밀에 대한 평가다.

> Chinese culture under the peculiar conditions of the monsoon climate had altered the imported wheat and barley forms for thousands of years and created its own unique subspecies.
> 다른 지역에서 유입된 밀과 보리는 수천 년간 몬순 기후의 영향으로 지역 고유의 변종이 생겨났다.

20세기 초에 작성된 바빌로프의 종자 수집 기록에서 당시 한반도에서 재배되던 밀에 대한 기록을 찾으려는 시도는 별 성과 없이 끝났다. 하지만 그와 함께 한반도를 떠났던 3,500kg에 달하는 씨앗과 식물표본에는 밀도 들어 있었을 것이라는 희망을 가져본다. 바빌로프의 수집품은 현재 상트페테르부르크 소재 VIR(All-Russian Research Institute of Plant Industry named after V.I. N.I. Vavilov)이라는 연구기관에 소장되어 있다. VIR은 스탈린에 의해 처형되기 전까지 바빌로프가 소장으로 있던 식물연구소이다. 기회가 된다면 이 연구소를 찾아 바빌로프가 수집했던 밀을 보고 싶다.

보로딘스키 빵, 러시아를 가고 싶었던 두 번째 이유이다.

나는 스토리를 무척 좋아한다. 당시 운영하던 아쥬드블레라는 빵집에 스토리를 담고 싶었고, 빵집에서 만들어 팔던 빵에도 스토리를 입히고 싶었다. 스스로 스토리를 만들 수도 있지만, 경우에 따라선 이미 잘 만들어진 매력적인 스토리를 가져다 쓰는 게 더 효과적일 때도 있다. 그런 면에서 보로딘스키 빵은 항상 내 위시리스트 최상단에 위치하고 있었다.

내가 처음 이 빵을 만난 건 곽지원빵공방에서 유럽 빵집 투어를 마치고 돌아오는 길에 들른 모스크바에서였다. 당시에도 러시아의 흑빵에 대해 들은 적은 있었지만 그게 어떤 빵인지 알지 못했다. 모스크바에서 돌아온 짐가방 한 귀퉁이에 비닐에 쌓인 벽돌처럼 생긴 검은 빵 하나가 들어 있었다. 아무리 생각해봐도 어디서 샀는지 전혀 기억에 없다.

무심히 비닐을 뜯자 빵 봉지에서 새어 나오는 향에 정신이 번쩍 들었다. 달콤했다. 얼른 빵 칼을 챙겨와 빵을 썰었다. 빵을 써는 사이 향은 거실에 진동했다. 빵 한 조각을 급히 집어 들고 한 입 베어 물었다. 달큰함이 입안 가득 퍼졌다. 호밀빵인데 이런 맛과 향을 내다니….

몇 조각을 순식간에 해치우고 급하게 검색에 들어갔다. 이게 도대체 무슨 빵인지 궁금해서 견딜 수가 없었다. 빵에 대한 정보는 그리 많지 않았다. 영어권에선 러시아 빵이 대중적이 않으니 제대로 된 영문 자료를 구하기 어려웠다. 그러다 우연히 세르게이 선생의 블로그를 알게 되었다. 수만 명이 팔로우하는 선생의 블로그는 러시아 빵에 대한 정보의 보고였다. 물론 보로딘스키 빵에 대한 좋은 정보도 있었다. 문제는 러시아어였다. 구글 번역기를 돌려가며 선생의 블로그 글을 열독하였다. 황당하게 번역되는 부분도 적지 않았지만 대략적인 정보를 얻는 데는 문제가 없었다.

글을 읽어갈수록 이 빵을 꼭 구워보고 싶다는 열망은 커져갔다. 하지만 쉽게 엄두가 나진 않았다. 한국에서 구하기 힘든 재료도 있었고, 그때까지 내가 알던 제빵 방식과 다른 점이 많아서 내가 한다고 제대로 할 수 있을까라는 의구심도 들었다.

그래, 세르게이 선생을 찾아가 직접 배워야겠다!

나는 그렇게 러시아에 가야겠다고 마음먹었다.

어!
정말 온다고?

2018년 5월, 일찌감치 모스크바 경유 니즈니 노브고로드행 항공권을 예매했다. 그날 바로 항공권을 복사하여 그에게 보냈다.

"어! 정말 오는 거야?"

"그럼! 농담인 줄 알았냐? 7월 말에 보자고. 공항으로 픽업하러 와야 돼."

"그… 그래."

당황하는 그의 모습이 메신저의 메시지로 전해졌다. 얼굴 한번 본 적 없는 이를 만나기 위해 러시아 시골로 정말 찾아올 거라고는 예상치 못한 게 분명했다.

2018년 7월 마지막 날 늦은 밤, 마침내 그를 만났다. 제분한 밀가루와 직접 만든 마카로니가 가득 담긴 트레일러가 붙어 있는 짙은 청색의 클래식한 자동차를 몰고 나온 바실리를 만났다. 그는 덥수룩하게 기른 수염을 자랑스럽게 쓸어내리며 자신을 바바리안이라고 소개했다. 대학에서 국제관계학을 공부하며 외교관을 꿈꾸던 청년이 농사에 빠져 農을 천직으로 삼게 되었다고 말할 때 그의 얼굴엔 자신감과 뿌듯함이 가득하였다.

공항에서 하룻밤 머물다 갈 숙소로 이동하는 한 시간 남짓한 시간, 우리는 밀, 귀리, 헴프, 메밀 등 곡식 이야기, 유기농법 이야기, 제분 이야기, 빵 이야기, 그리고 러시아 전통 음식 이야기로 시간 가는 줄 몰랐다. 농사와 음식의 전통을 중시하고 그 가치를 지속해 나가고자 하는 그의 열정을 느낄 수 있었다.

그날 밤, 나는 앞으로 그와 함께 보낼 며칠간의 시간에 대한 기대감으로 들떠 있었다.

스웨인! 빵 완판했어
_ 화덕빵 로망

러시아의 시골엔 집집마다 페치카라는 화덕이 있다. 예전에 군대에서 부르던 바로 그 페치카다. 거실 한가운데에 벽돌을 쌓아 만든 페치카는 러시아의 추운 겨울을 나는데 없어서는 안 될 난방설비이자, 남은 열로 음식을 하는 조리 설비이기도 했다. 물론 지금은 시골 동네에도 천연가스가 공급되기 때문에 페치카는 더 이상 쓸모가 없어졌다. 러시아는 세계 1위의 천연가스 산유국이다.

바실리가 살고 있는 푸체즈라는 시골동네에는 페치카가 있는 집들이 아직 꽤 많다. 바실리는 화덕 빵을 구워야 겠다는 나를 위해 빈집 한 곳을 섭외해 놓았다. 그는 자신의 화덕을 가지고 있지 않았다. 메신저로 보내온 화덕 사진은 친구네 집에 있는 페치카 사진이었다. 너 만나러 가서 너의 화덕에 빵을 꼭 구워 볼 거라며 예매한 항공권 사진을 보냈을 때 화덕을 가지고 있지 않은 바실리는 얼마나 당황했을까?

섭외해 놓은 빈집은 우리 숙소에서 100미터도 떨어지지 않은 곳에 있었다. 버려진 지 꽤 오래되었는지 집 주위로는 잡목이 우거져 있었다. 사람이 드나들 수 있을 정도로 잡목을 쳐내고 들어간 집 안엔 전에 살던 사람들이 버리고 간 쓰레기가 가득했다. 페치카 주위에 있는 쓰레기를 치우고 페치카 안쪽을 살펴보니 다행히도 페치카는 멀쩡했다. 마른 가지를 주워와 불을 피워 보니 연기가 새는 곳 없이 굴뚝으로 잘 빠져나갔다. 드디어 화덕에 빵을 구워 볼 수 있겠구나! 흥분으로 가슴이 떨렸다. 빵을 굽는 사람들은 누구나 화덕 빵에 대한 로망이 있다. 나도 예외는 아니다. 이제 그 로망을 실현할 수 있게 되었으니 어찌 흥분하지 않을 수 있을까.

푸체즈에 머문 5일 동안 화덕 빵을 세 번 구웠다.

첫 번째는 화덕과 밀가루 특성을 알아보기 위한 테스트 베이킹이었다. 화덕에 불을 지필 장작은 바실리가 새벽같이 가져다 놓았다. 그것도 은빛 수피가 아름다운 자작나무 장작이다. 자작나무 장작이라니 호사도 이런 호사가 없다. 장작불에 화덕이 달구어지는 동안 페치카가 있는 거실 한편에 미리 해놓은 반죽을 발효시켰다. 빵 반죽은 바실리가 맷돌로 제분한 현지에서 재배한 유기농밀에 바실리의 아내가 키우고 있는 사워도우 스타터를 넣었다. 화덕이 데워지는데 예상보다 시간이 더 걸리는 바람에 반죽은 이미 처지기 시작했다. 서둘러 분할 성형하여 2차 발효에 들어갔다. 한번 처지기 시작한 반죽은 강한 성형에도 불구하고 금세 축 늘어졌다. 더 이상 기다릴 수 없어 화덕에서 타다 남은 장작과 재를 꺼내고 물에 적신 천으로 바닥을 한번 훔친 후 빵 반죽을 넣을 차례. 헌데 반죽을 화덕에 넣을 도구가 없다. 도구의 용도를 설명하자 바실리는 밖으로 나갔다. 돌아온 바실리의 손엔 삽 한 자루가 들려 있었다. 꿩 대신 닭이다. 반죽을 삽에 하나씩 올리고 칼집을 낸 후 화덕에 차례대로 넣고 화덕 문을 닫았다.

10분이 지났다. 화덕에서 빵이 어떻게 구워지고 있는지 궁금해 미칠 지경이었다. 10분이 10시간 같이 길게 느껴졌다. 화덕 문을 조심스럽게 열었다. 화덕 입구로 수증기가 확 밀려 나왔다. 화덕의 기밀성이 좋다는 증거다. 빵이 잘 부풀고 귀도 잘 나왔을지도 모른다는 기대감이 들었다. 하지만 화덕 안에서 구워지고 있는 빵은 기대와는 다른 모습으로 구워지고 있었다. 뭐 처음 시도하는 거니까, 밀도 오븐도 익숙하지 않은 거니까 충분히 그럴 수 있다.

빵이 다 식기를 기다려 잘라보았다. 맷돌 제분한 통밀로 구운 사워도우 빵 치고는 나쁘지 않은 내상이었다. 맛은 뭐 더 말할 필요도 없었다. 우리가 다음날 아침으로 먹을 네댓 개를 빼고 모두 바실리에게 주었다. 다음날 아침 숙소로 찾아온 바실리는 빵을 밀 수확하고 있는 일꾼들에게 주었고, 모두 맛있다고 했다는 말을 마치기가 무섭게 빵을 또 굽자고 재촉하였다.

두 번째 화덕 빵은 맷돌 제분한 통밀가루에서 체질로 밀기울을 제거한 밀가루에 맷돌 제분한 스펠트 통밀가루를 섞어 구웠다. 스펠트는 인류가 아주 오래전부터 재배해 온 고대밀이다. 독일어권에서는 딩켈(dinkel)이라고 부르며 최근 제빵계에서 다시 각광을 받고 있다. 스펠트로 만든 빵이 궁금했는데 마침 바질라프(바실리의 친구로 푸체즈에서 가장 큰 유기농 밀 농장을 운영하고 있다. 푸체즈에 머무는 동안 우리는 그의 집 별채에서 생활하였다)가 유기농법으로 스펠트를 재배하고 있기에 바질리에게 밀가루를 조금 내어달라고 부탁해 놓았다. 마침 엊저녁 리프레쉬해 놓은 스타터도 있겠다 바로 르방을 만들었다. 르방을 4시간 정도 발효시킨 후 반죽을 했고 발효를 거쳐 화덕에 구웠다. 어제의 경험을 바탕으로 화덕을 데우는 시간을 고려하여 발효 타이밍을 조절하였다.

화덕에서 나온 빵은 볼륨도 내상도 만족스러웠고 맛도 좋았다. 스펠트의 풍미가 예술이었다. 20%를 넣었을 뿐인데 풍미가 참 대단했다. 다만 르방이 정점에 이르기 전에 반죽을 해서 산미가 거의 없는 점과 천 위에서 2차 발효하다 보니 덧가루를 과도하게 뿌려 크러스트 색이 나오지 않아, 마이야르 반응이 약하게 일어난 점이 아쉬웠다. 하지만 스펠트의 풍미가 이 모든 아쉬움을 채워주기에 충분했다.

화덕에서 나오는 빵을 보며 바실리는 오늘도 흥분했다. 평생 빵을 주식으로 먹었지만 이렇게 멋진 빵은 처음 본단다. 이날도 바실리는 우리가 먹을 빵 네댓 개 만을 남기고 식지도 않은 빵을 어디론가 들고 갔다.

그리고 또 다음날, 바실리는 희희낙락하며 우리를 찾아왔다.

"스웨인!, 빵 완판했어."

스웨인은 내 영어 이름이다. 어제 어떤 행사장에서 빵을 팔았는데 순식간에 완판했다는 것이다. 심지어 몇몇 사람들에게 예약도 받았단다. 그래서 그날도 빵을 구웠다. 이번엔 빵 완판 기념 베이킹이다.

이 날은 호밀빵을 구워보고 싶었다. 호밀과 밀을 반반씩 섞어 구운 빵, pain de meteil. 당시 아쥬드블레에선 메테이유라는 이름으로 판매하던 빵이다. 이번엔 밀 르방이 아닌 호밀 르방으로 발효하였다. 호밀빵이야 맛을 안 봐도 모양만으로도 맛있는 빵이다.

화덕 빵 굽기는 참 재미있다. 러시아 밀, 스펠트, 호밀로 빵을 구워 보는 것 또한 소중한 경험이다. 어떤 상황에서도 어떤 밀로도 빵을 구울 수 있겠다는 자신감을 갖게 된 건 덤이다.

여기 와서
밀 농사 같이 지어 볼래?

바실리가 사는 동네는 푸체즈라는 조그만 시골마을이다. 니즈니 노브고로드에서 러시아의 젖줄인 볼가강을 따라 차로 두어 시간을 달려야 도착할 수 있는 곳이다. 바실리는 푸체즈에서 유기농 밀농사를 크게 짓고 있는 바질라프를 소개시켜 주었다. 그의 밀밭은 차로 돌아도 한 시간이 넘게 걸리는 우리 땅에서는 상상할 수도 없는 큰 규모였다. 그 면적이 600만 평, 여의도 면적의 두 배가 넘는다. 그는 세 대의 트랙터와 두 대의 그라스 컴바인으로 밀밭을 관리하고 있다.

우리가 푸체즈에 도착했을 때는 밀 수확이 한창이었다. 두 대의 콤바인이 하루 20시간 그 넓은 밀밭의 밀을 수확하고 있었다. 바질라프의 밭에서 자라고 있는 밀, 스펠트는 반왜성화된 육종 종자였고 심지어 호밀도 키가 작은 품종이었다.

바질라프가 내어준 별채에 머물며 나는 두 차례 바질라프와 밀농사에 대해 토론을 벌였다. 푸체즈에 도착한 첫날과 세째날. 첫 번째 토론은 내가 묻고 바질라프가 답하는 형식이었고, 두 번째는 내가 의견을 내고 바질라프가 질문하는 형식이었다. 첫 번째 토론에선 나는 그의 밀 품종과 밀농사 법에 대해 주로 질문했다. 바질라프는 최소 경운, 무농약, 무화학비료를 근간으로 하는 자신의 밀농사 법을 설명해 주었다. 농장 운영과 유기농밀 판매 방식에 대해서도 상세하게 설명해 주었다. 특히 겨울이 길고 여름이 짧은 기후 특성상 재배 기간이 짧아 밀을 일모작 한다는 것과 수확과 거의 동시에 종자를 파종하는 농사법이 인상적이었다.

두 번째 토론에서 나는 밀의 분얼을 늘리는 방법을 소개하였다. 분얼이란 식물이 성장하면서 포기가 늘어가는 현상으로, 씨앗을 최대한 늘려 종족보존을 추구하는 벼과 식물의 특징이다.

난 모든 밀밭의 밀이 분얼이 많이 되는 것으로 짐작하고 있었다. 하지만 현실은 그렇지 않았다. 내가 운영하던 아쥬드블레에 앉은뱅이밀을 공급하는 공주 황진웅 선생 밭의 밀도 바질라프의 밀과 다르지 않았다. 포기 수가 서너 개인 것이 보통이고, 심지어 하나인 것도 적지 않았다. 포기가 하나뿐이라면 이삭에 대개 10여 개의 알곡이 맺히니 씨앗 하나 심어 밀알 10여 개를 얻는 셈이다. 거기다 수확과 알곡 처리과정에서의 발생하는 손실을 생각하면 실제 거두어들일 수 있는 양은 더 줄어든다.

바질라프 밀밭의 평균 수확량은 2~3ton/ha, 평당 0.8~1kg 수준이다. 황진웅 선생은 평당 1~1.5kg의 수확을 거두니 바질라프 밀밭의 수확량은 낮은 편이다. 미국 밀 곡창지대의 평균 수확량도 바질라프 밀밭 수준이다. 그러니 그곳의 밀 분얼도 대개 비슷한 수준이라고 추정할 수 있을 것이다.

농부의 가장 기본적인 목표는 수확량을 늘리는 것이다. 밀 농부의 목표도 크게 다를 바 없다. 밀 수확량을 높이는 방법은 크게 1. 작물 잘 키우기, 2. 수확 시 손실 줄이기, 3. 수확 후 정선시 손실 줄이기 등으로 크게 분류할 수 있을 것이다. 2와 3은 효율이 좋은 장비로 해결할 수 있다.

비록 작은 규모이지만 지난 몇 년간 밀농사를 지으면서 고민하고 연구해 온 것 중 하나가 건강한 방법으로 밀을 잘 키워 수확량 늘리기이다. 이런저런 자료를 통해 크게 두 가지로 귀결된다는 것을 알게 되었다.

흙을 기름지게 하기와
분얼이 많이 일어나게 하기

바질라프에게 소개한 내용은 분얼에 관한 것이었다. 밀과 호밀 같은 벼과 식물은 생장점이 꺾이면 옆에서 새로운 줄기를 올리는 특성이 있다. 장마철 전후로 밭에 걷잡을 수 없이 자라는 돌피를 낫으로 베고 나서 며칠 후 밭에 가보면 더 많은 포기로 더 무성해진 녀석을 볼 수 있다. 밀과 호밀도 돌피와 다를 바 없다. 생장점을 자르거나 밟아주면 포기가 늘어난다. 이를 분얼이라고 한다.

이런 사실을 너무 잘 알고 있던 우리 선조들은 늦은 겨울에서 이른 봄까지 밀싹 밟기를 하였다. 서리가 허옇게 내린 밀밭 위를 뒷짐 지고 산책하듯 걸었다. 그 신발 아래로 서리에 언 밀싹들은 서걱서걱 소리를 내며 허리가 꺽였다. 추운 겨울을 어렵게 난 어린 밀싹에겐 너무 가혹한 몹쓸 짓처럼 보일지도 모르지만 땅이 녹고 기온이 올라가면 밀들은 오히려 포기가 무성하게 자랐다. 밀싹 밟기가 분얼을 촉진한 것이다.

분얼에 대한 다른 나라의 사례를 찾다 일본의 사례를 발견했다. 일본의 한 농부가 트랙터에 연결한 롤러로 밀싹 밟기를 한다. 그는 이른 봄까지 10여 차례 밀싹 밟기를 한다고 한다. 숫자가 기억나진 않지만 수확량이 상당했던 것으로 기억한다. 미국에서는 초봄까지 가축을 밀밭에 풀어놓아 밀 싹을 뜯어먹게 하기도 한다.

밀싹 밟기를 소개하니 바질라프는 상당한 관심을 보이며 마침 비슷하게 생긴 롤러도 있으니 이듬해 봄에 200평 밭에서 한번 시험해 보겠단다. 그리고 그 결과도 알려주겠단다. 나는 아직도 그의 시험 결과를 기다리고 있다.

두 번째 토론 끝자락에 바질라프가 내게 한마디를 던졌다.

“너 여기 와서 밀농사 같이 지어볼래?”

난 지금도 종종 끝없이 펼쳐진 푸체즈의 황금빛 밀밭을 오가는 콤바인 위에 올라 밀을 베고 있는 내 모습을 상상하곤 한다.

인연

바실리와 함께 한 5일은 순식간에 지나가 버렸다. 바실리를 떠나며 블로그에 글을 하나 올렸다.

페이스북을 통해 우연히 알게된 바실리. 그는 러시아 시골동네에 살고 있다. 그의 페이스북 대문에 걸려있는 대형맷돌제분기 사진에 끌려 친구신청을 했었다. 페이스북 친구가 된 후 종종 메신저를 통해 사진과 메시지를 주고받으며 공통관심사인 밀농사, 제분, 빵에 대한 의견을 나누었다.

그러다 이 친구를 한번은 꼭 만나봐야겠다는 생각을 하게 되었고 무더위가 한창인 여름 이 친구를 찾았다. 때마침 거기에선 밀수확이 한창이었다. 600만여평에 밀농사를 짓는 대농 바질라프를 만났고, 그는 그의 게스트룸을 우리 숙소로 내주었다. 게다가 여름 부엌을 내주고 그 안에 있는 다양한 먹거리도 자유롭게 먹어도 된다고 했다.

그의 집 넓은 마당 곳곳에서 뜨거운 여름 햇살을 받으며 잘 익어가고 있는 다양한 먹거리도 내주었다. 가지가 휘어질 정도로 달린 블랙커런트, 레드커런트, 구스베리, 때가 약간 지났지만 몇 알이 남아 귀한 맛을 보여준 라스베리. 틀밭(Raised bed)에서 익어가는 엄청나게 굵은 마늘과 토마토, 고추, 그리고 딜. 그의 정원은 손만 내밀면 근사한 샐러드 한접시를 간단히 만들 수 있을만큼 풍성했다.

빠르게 다가오는 겨울, 수확을 서둘러야 하는 바질라프와는 그리 많은 시간을 함께 하진 못했다. 하지만 우린 밀농사법와 사업으로서의 밀농사에 대해 충분히 의견을 나누었다. 종종 번역기의 도움을 받으면서.

밀농사에 대한 나의 경험과 농사법에 대해 경청해준 그에게 감사하다. 그리고 내년 봄 내 의견을 반영하여 시도할 새로운 농사법의 결과가 벌써부터 궁금하다.

바실리의 귀여운 두 아들은 언제나 유쾌상쾌했다. 자연 속에서 자유롭게 자라지만 지켜야 할 것은 지킬 줄 아는 아이들이었다.

그리고 음식을 부족하지 않게 챙겨준 바실리의 아내. 아직 어린 두 아이를 챙기기도 바쁜 와중에 우리까지 챙기느라 참 고생이 많았다. 그녀가 바리바리 싸준 각종 베리잼으로 올 가을과 겨울은 아주 새콤달콤해질 것 같다.

바질리,

도시를 떠나 시골에서 자신의 철학에 따라 자신의 가치를 추구해가는 멋진 젊은이다.

만만찮은 현실이 그의 꿈과 가치를 꺾지 않기를 기대해 본다.

지난 5일간 우리에게 하나라도 더 보여주고, 먹여주고, 베풀어 주려고 참 애썼네.

그대와 그대의 사람들과 같이 보낸 시간 속에서 난 참 편안한 휴식과 내 삶의 방향에 대한 희미하지만 의미있는 실마리를 얻었네.

고맙네.

우리 멀지 않은 미래에 다시 만나세.

다시 만나 뜨거운 반야에서 땀도 빼고,

두껍게 쌓인 눈 위에서 눈썰매도 타고,

바다 같은 어머니의 강 볼가에서 얼음낚시도 하고,

그대가 새로 만들 업그레드된 화덕에서 그대가 맷돌로 빻은 밀, 호밀, 스펠트로 빵도 같이 구워 보고,

그대의 빵 짓는 친구들과 빵 짓는 이야기도 함께 나누어 보세.

고맙네 나의 친구

바실리

바게트 폴린 багет полин

푸체즈를 떠나 모스크바에 도착하였다. 모스크바에서는 러시아 빵을 많이 만나볼 심산이었다. 여행 어플을 검색하여 이름 있는 빵집 리스트를 작성하였고 리스트에 있는 빵집을 찾아 모스크바 곳곳을 누볐다.

대량생산, 대량 유통되는 공장에서 찍어낸 산업화된 빵에 대한 반발로 1990년대 미국에서 아티장 브레드를 표방하는 개인 빵집들이 생겨났다. 이 빵집들은 빵 맛으로 큰 인기를 끌게 되었고, 이 인기에 힘입어 세계 곳곳에 아티장 브레드를 표방하는 개인 빵집들이 생겨났다. 하지만 다른 한쪽에선 문을 닫는 개인 빵집들이 늘어갔다. 문을 닫은 개인 빵집의 공간은 대량 생산되는 프랜차이즈 빵집이나 슈퍼마켓 빵집들로 채워졌다.

모스크바도 예외는 아니었다. 슈퍼마켓 매대 한쪽은 공장에서 생산한 싸구려 빵들이 가득했고, 거리에서 보이는 빵집은 대부분 프랜차이즈 빵집이었다. 개인 빵집은 눈을 씻고 찾아봐도 찾기가 어려웠다. 하여 개인 빵집 찾기를 포기하고 대신 프랜

차이즈 빵집을 찾아 다녔다. 모스크바의 프랜차이즈 빵집은 신기하게도 모두 프랑스 빵집 체인이었다. 그 중심에는 프랑스 제빵업계의 스타 Eric Kayser가 문을 연 Volkonsky와 식사 공간 한가운데를 차지하고 있는 큰 식탁이 인상적이었던 Le Pain de Quotidien이 있었다. 두 곳 중 내게 더 인상적이었던 곳은 Volkonsky였다.

Volkonsky는 러시아와 우크라이나 시장을 타깃으로 만든 Eric Kayer의 빵집 브랜드이다. 모스크바에만 10여 개의 지점이 있다. 프리미엄 빵집을 지향하는 Volkonsky는 인테리어가 고급스럽고 매장도 비싼 동네에 자리하고 있다. 이른 아침, 간단하게 아침식사를 즐기려는 동네 주민들이 찾는데 문을 열고 들어오는 이들의 차림새가 참 고급스럽다. 프랑스식 빵과 달달구리(단맛이 나는 먹거리)들이 진열되어 있고 브런치 메뉴도 있다.

모스크바에서 첫 번째 빵으로 바게트를 골랐다. 짙은 색과 다이아몬드 모양으로 난 칼집이 눈길을 끌었다. 에스프레소 한 잔을 주문하고 매장 한편에 자리 잡았다. 바게트를 뜯어 코에 대고 냄새를 맡았다. 달큰한 향이 났다. "어! 요 녀석 봐라." 얼른 입으로 가져가 한 입 베어 물고 오물오물 맛봤다. 평소에 먹던 바게트와 완전 다른 맛이다. 약간 쌉소롬하면서 묵직한 달큰함이 끝 맛으로 올라오는 게 신기했다. 겉은 바삭하고 속은 촉촉했다. 진짜 바게트다.

손에 들고 있던 바게트를 내려놓고 카운터로 달려갔다. 종업원에게 말을 걸었다. 좀 전에 저 바게트를 샀는데 맛이 뛰어나다. 무슨 바게트냐? 판매를 담당하는 종업원은 빵에 대한 지식이 부족한 듯 매장 안쪽 제빵실에서 오븐을 들여다보고 있던 베이커를 불러온다. 똑같은 질문을 던졌다.

나: 이 빵 맛있는데 무슨 바게트냐?

베이커: 바게트 폴린이다.

나: 바게트는 알겠는데 폴린은 도대체 뭐냐?

베이커: 나도 몰라 그냥 그렇게 불러.

나: 엥? 그럼 여기 들어가는 재료를 가르쳐 줄 수 있냐?

베이커: 물론이지. 밀가루 하고 메밀가루가 들어가.

나: 메밀 가루라. 그거 얼마나 들어가는데?

베이커: 밀가루와 메밀가루가 반씩.

나: 진짜? 메밀가루가 50%나 들어가는데 이렇게 볼륨 좋고 기공이 잘 열린 빵이 나온다고?

베이커: 지금 네가 보고 있지 않냐?

할 말이 없었다. 메밀가루를 50%나 넣고 이런 바게트를 구울 수 있다는 게 놀라웠다. 바게트의 이름표를 찍었다. багет полин. 구글 번역기에 넣어보니 baguette polin이라고 번역해 준다. polin이라... 의문은 여전히 풀리지 않았다.

러시아에서 돌아온 후 한참만에 인터넷 서핑을 통해 이 의

문을 풀 수 있었다. 이 빵의 이름은 Baguette Pauline이었다. Pauline은 아마도 누군가의 이름일 것이다. Eric Kayser가 Pauline이라 불리는 누군가를 위해 만든 바게트인지도 모르겠다. 이름을 알아냈지만 이름을 통해 이게 어떤 빵인지 단서를 찾을 수는 없었다. 그러다 바게트 폴린이 메밀 바게트라는 소개가 담긴 짧은 글을 찾을 수 있었다.

Eric Kayser가 모스크바에 문을 연 Volkonsky에서 이 빵을 굽는 건 어쩌면 아주 자연스러운 일이다. 러시아인들의 인당 메밀 소비량은 세계 최고이다. 한 사람이 매년 15kg 정도를 먹는다. 이는 러시아인의 곡물 전체 소비량의 20%에 달한다. Kasha라고 하는 죽, Blini라고 하는 메밀 전병이 메밀로 만든 대표적인 러시아 음식이다. 메밀이 몸에 좋다고 학교급식에도 메밀을 필수 식재료로 사용할 정도로 러시아인들의 메밀 사랑은 유별나다. 바게트 폴린은 Eric Kayser의 프랑스 빵과 러시아의 식문화가 자연스럽게 만날 수 있는 지점이 되었다. 바게트 폴린은 Eric Kayser가 러시아인들에게 바치는 헌정이 아닐까?

바게트 폴린은 무척 인상적이었다. 그런 빵을 한번 구워보고 싶었다. 러시아 여행에서 돌아온 후 아쥬드블레에서 내가 해석한 바게트 폴린을 선보였다. 바게트 그레치카(гречиха)라는 이름을 붙였다. 그레치카는 러시아어로 메밀이다. 나는 우리 땅에서 나는 금강밀, 앉은뱅이밀, 그리고 메밀로 바게트 그레치카를 구웠다.

한 번만 만나줘요 세르게이

세르게이에게 만나자는 이메일을 두 번 보냈다. 러시아로 출발하기 전에, 또 니즈니 노브고로드에서 모스크바로 출발하기 전에 보냈다. 모스크바에 도착하고 나서도 그의 답장이 오지 않았다. 시간이 별로 없었다. 한국으로 돌아가는 비행기를 타야 할 시간이 점점 가까워졌다. 조급해졌다. 이메일을 또 보낼까 하다 그만두었다.

모스크바에 도착한 삼일 째 아침 휴대폰에 이메일 알림 메시지가 떴다. 급히 열어보니 세르게이의 답장이었다. 반가운 마음에 얼른 열어 메시지를 확인했다. '넌 어떤 놈인데 나한테 빵을 가르쳐 달라는 거야?'라는 내용이었다. 글쎄, 난 어떤 놈이지? 그래 난 한국에서 빵 굽는 놈이지. 그동안 내가 구웠던 빵 사진 몇 장과 내 페이스북 주소를 답장으로 보내주었다. 지금 모스크바에 와 있고, 내일 밤 한국으로 돌아가는 비행기를 타야 한다고도 썼다. 바로 그의 답장이 왔다.

"한번 보자. 여기로 와라. 지금 당장"

그가 보내 준 주소를 구글 지도에서 검색해보니 Prof. Puf라는 곳이었다. 얼른 가방을 챙겨 메고 숙소를 나섰다. 그날 잡았던 일정은 모두 포기다.

세르게이는 제빵 분야 파워블로거이다. 수 만 명이 그의 블로그를 팔로우하고 있고 포스팅 하나에 달리는 댓글 수도 엄청나다. 그의 블로그는 빵 특히 호밀빵에 대한 고급 정보로 가득하다. 그런 그를 만나 같이 빵을 구울 수 있다는 기대에 가슴이 부풀어 올랐다.

Prof. Puf에 도착하였다. Prof. Puf는 그가 동업자와 함께 운영하는 베이커리 카페이다. 그가 구운 빵을 곁들인 요리를 먹을 수 있다. 때마침 점심식사 시간이어서 간단한 식사를 대접받았다. 얇고 바삭한 메밀 빵 위에 채소와 생선 또는 육류를 올린 음식이었다. 음식은 맛있어 보였지만 어떤 맛이었는지는 기억나지 않는다. 음식보다는 그와의 대화에 정신이 팔려 있었다. 음식이 코로 들어가는지 입으로 들어가는지도 모를 지경이었다. 그와 마주 앉은 나에게는 질문 리스트가 있었다. 그를 만나면 물어볼 것들이 공책 가득 적혀 있었다. 질문 하나하나에 대한 그의 답을 적어나갔다. 듣는 동안 또 다른 의문이 생기기도 하여, 질의 응답 시간은 늘어져만 갔다.

자 이제 이 정도 하고 빵을 구우러 가자는 그를 따라 빵공장으로 갔다. 그의 빵 공장은 베이커리 카페에서 멀리 떨어진 모스크바 교외에 자리하고 있었다. 하얀 가운과 위생모자를 쓰고 들어간 그의 빵 공장은 기대와 달리 아담했다. 빵 공장에서는 베이커 3명이 느긋하게 빵을 굽고 있었다.

그가 함께 굽자고 한 빵은 보로딘스키와 메밀 사워도우 빵이다. 보로딘스키는 내가 꼭 배워보고 싶은 빵이다. 이 빵을 만드는 방법에 아주 독특한 부분이 있다. 바로 당화 공정이다. 맥주 만들 때 몰트를 높은 온도에서 끓여 당분을 뽑아내는 공정, 바로 그것이다. 보로딘스키의 단맛과 짙은 색의 비결이 바로 이 당화다. 세르게이는 당화를 위해 자신만의 자동 설비를 제작하였다. 설비의 핵심은 당화에 최적인 온도를 유지하는 것이다. 호밀가루와 물을 넣고 설비를 가동하면 설비 저쪽 끝에서 단내 폴폴 나는 진한 갈색 액체가 콸콸 쏟아져 나왔다. 액체는 마치 템퍼링이 잘 된 초콜릿 같았다. 아직 따끈따끈한 액체에 새끼 손가락을 푹 찔러 넣어 묻어 나온 액체를 할짝할짝 맛본다. 달콤하다. 호밀 특유의 향은 느껴지지 않았다.

당화 이후의 과정은 일반적인 빵 만드는 과정과 비슷하다. 당화된 액체에 호밀가루, 물, 소금, 호밀 르방을 넣고 반죽하고, 발효하고, 분할, 성형해서 다시 발효하고 굽고, 식기를 기다렸다가 잘라서 먹고 까지다. 앗, 잘라먹는 건 며칠 뒤로 미루기로 했다. 2, 3일 후 잘라서 먹으라는 세르게이 선생의 말을 따랐다.

선생은 자신이 쓰고 있는 호밀 사워도우 스타터도 나누어 주었다. 불가리아 시골마을에서 호밀빵을 굽고 있는 스테파니다 할머니로부터 받았다고 한다. 선생은 스테파니다 할머니가 호밀빵 굽는 동영상을 보여주었다. 동영상에서 선생과 할머니가 주고받는 말속에 재미있는 것들이 많을 것 같았으나 한마디도 이해할 수가 없었다. 러시아 말을 못하는 게 답답했다.

선생과 보낸 하루는 러시아 여행의 백미였다. 대가와 함께 빵을 만들어 볼 수 있는 기회를 갖게 되다니, 내가 베이커가 아니었다면 불가능한 일이었다.

그날의 감흥을 페이스북에 이렇게 기록했다.

> 대가를 만나러 간다. 러시아의 대표적인 제빵 이론가이자 베이커인 그를 만나러 간다. 번역기 돌려가며 읽어온 러시아어로 쓰인 그의 블로그는 제빵 지식의 보고(寶庫)였다. 러시아로 떠나기 한참 전 그에게 만나자고 연락했는데 모스크바에 도착한 후 회신을 받았다. 이번 러시아 연수의 백미가 될 것이다.
> 주옥 같았던 어제의 순간들. 아낌없이 보여주고 하나라도 더 가르쳐주려 애쓰는 그의 모습에서 여러 분들을 떠올렸다. 자신이 가진 것을 한치의 주저함 없이 나누는 것은 대가의 풍모이자 자신감인 듯하다.

선생과 함께 구운 빵은 종이봉투에 잘 넣어 서울로 가져왔다. 첫날은 낮과 밤으로 잠을 자고 다음날 빵을 잘랐다. 구운 지 3일째, 빵은 부드러웠고 향은 더 강해졌다. 집안 가득 퍼지는 빵의 향기에 방구석에서 단잠을 자고 있던 애완견 친친이도 달려 나왔다. 나도 아내도 딸도 오물오물 맛있게 먹었다.

선생은 지금도 왕성하게 빵을 구우시고, 베이킹 클래스도 여신다. 최근엔 모스크바 여러 곳에 빵집 분점을 내느라 분주하시다. 난 페이스북을 통해 가끔 안부를 전한다.

우리밀을 만나다

_밀에 대한 경외감

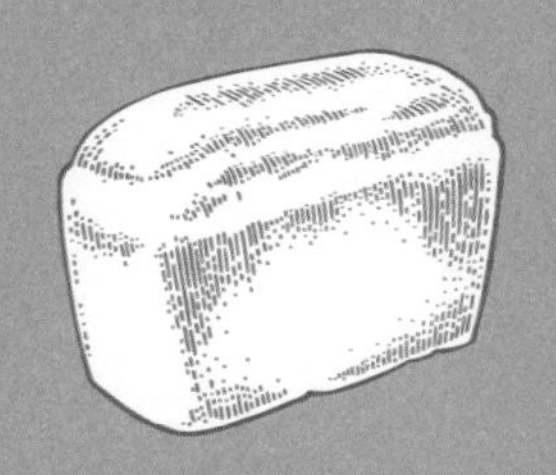

우리밀로 빵이 되나요?

우리밀로 빵이 되나요?

많은 사람들이 우리밀만으로 빵을 굽는다는 내게 던지는 질문이다. 이 질문에 대한 나의 답은 "예 그리고 아니오"다. 우리밀로 빵을 잘 구울 수 있으니 "예"이고 빵을 잘 구울 수 없으니 "아니오"이다. 빵을 잘 구울 수도 있고 잘 구울 수도 없다니 이게 무슨 말장난인가. 이런 말장난 같은 대답을 할 수밖에 없는 건 현재 우리밀의 특성과 한계 때문이다.

우리밀로 빵을 잘 구울 수 있다

그렇다. 특히 유럽식 식사빵이라고 불리는 깜빠뉴, 바게트, 치아바타 류의 린 브레드(lean bread. 버터, 우유, 계란, 오일 등 유지가 들어가지 않은 빵을 일컫는다. 깜빠뉴, 바게트, 치아바타 등이 대표적이다)는 우리밀로도 잘 구울 수 있다. 물론 수입밀의 제빵성과는 차이가 있지만 훌륭한 빵을 구울 수 있다.

그렇다면 아니오는 또 무엇이란 말인가?

우리밀은 두 가지 관점에서 빵이 잘 되지 않는다. 첫째, 우리밀로는 제대로 된 리치브레드(rich bread. 버터, 우유, 계란, 오일 등 유지가 들어간 빵을 일컫는다. 브리오슈, 식빵 등이 대표적이다)를 굽는데 한계가 있다. 물론 리치브레드를 굽지 못하는 것은 아니지만 리치브레드 특유의 부드러운 식감과 질감을 구현해내기가 어렵다. 단적인 예로 닭가슴살처럼 쪽쪽 찢어지는 식빵의 질감은 우리밀만으로는 구현하기 어렵다.

둘째, 빵의 품질을 일관성 있게 유지하는데 한계가 있다. 일반적으로 기술자들은 보수적이다. 프로세스가 한번 정해지면 좀처럼 바꾸려 하지 않는다. 베이커들도 크게 다르지 않다. 레시피가 한번 정해지면 왠만해서는 변경하지 않는다. 일관성의 문제가 발생하는게 바로 이 지점이다. 밀가루 특성이 일관성 없이 들쭉날쭉한데, 똑같은 배합표로 빵을 만들면 빵이 들쭉날쭉하게 된다. 극단적인 경우 같은 밀가루로 같은 배합의 빵을 만들어도 오늘은 빵이 잘 부풀다가 다음 주에는 잘 부풀지 않을 수 있다. 이런 경험을 한 베이커들은 한결같이 우리밀로는 빵이 잘 안된다고 말한다.

그럼 무엇이 문제일까?

첫 번째 원인은 우리밀의 글루텐 함량과 품질이다. 린브레드에 적합한 밀가루의 단백질 함량이 11%~12%이니 금강밀, 조경밀, 앉은뱅이밀 정도가 빵용 밀 범주에 들어갈 것이다. 리치브레드용 밀가루는 12% 이상의 단백질 함량이 요구되니 국산 밀은 리치브레드에 적합한 품종이 없다고 봐야 한다.

앞서 린브레드 제빵 시 우리밀의 제빵성이 수입밀만 못하다고 하였다. 우리밀은 단백질 함량만으로는 수입밀 특히 프랑스 밀과 유사하다. 하지만 제빵성에 차이가 있는 것을 보면 단백질의 품질에 있어선 큰 차이가 있는 것이 분명하다. 프랑스 밀과 우리밀로 만든 빵의 내상의 질감을 비교해 보면 그 차이를 알 수 있다.

두 번째 원인은 밀 알곡의 수매와 제분에 있다고 본다. 밀 알곡은 밀이 다음 세대를 위해 남긴 생명체이다. 생명체이기 때문에 공산품처럼 모두 다 똑같을 수가 없다. 나는 항상 밀에도 와인처럼 떼루아가 있다고 주장한다. 와인이 포도를 재배하는 지역의 토양, 기후, 재배 방식에 영향을 받듯이, 밀도 이런 조건의 영향을 받는다. 각기 다른 지역에서 재배된 동일 품종의 밀로 빵을 만들어 보면 이를 확인할 수 있다. 따라서 밀가루 특성의 일관성을 유지하기 위해서는 밀 알곡 수매단에서부터 관리가 들어가야 한다. 밀 수매시 각 농가가 재배한 밀의 특성을 분석하고 그 결과에 따라 알곡에 등급을 매겨야 한다.

제분이 밀가루 특성의 일관성에 미치는 영향은 절대적이다. 국내엔 삼양사, 대한제분, CJ 등 대형 제분소와 대성팜 등의 소형 제분소가 있다. 모두 롤러 제분기로 제분한다는 공통점이 있지만 제분 설비에서는 엄청난 차이를 보인다. 제분 설비의 차이가 밀가루 특성의 일관성에 아주 큰 영향을 준다. 소형 제분소에서 나온 밀가루보다는 대형 제분소에서 나온 밀가루가 일관성 측면에선 월등하다.

제분에 대해서 한 가지 더 언급해야 할 것이 블렌딩이다. 이 블렌딩은 서로 다른 밀 품종의 블렌딩과 목표로 하는 밀가루의 제빵 특성을 만족시키기 위해서 첨가하는 첨가제의 블렌딩을 의미한다. 국내에서 많이 쓰는 프랑스 밀가루의 성분표를 살펴보면 활성 글루텐, 아스코빅 산, 아밀라아제 등이 소량 들어가 있음을 확인할 수 있다. 밀가루의 제빵 특성을 향상하기 위해 첨가하는 것들이다. 프랑스의 제분소는 특정 밀가루의 제빵 특성에 대한 목표를 정해놓고 매년, 매 배치의 밀가루의 특성을 분석하고 목표에 미치지 못하는 항목이 있다면 첨가제를 첨가하여 그 목표를 맞추고 있는 것이다. 프랑스 제분사들이 밀가루 제빵 특성의 일관성을 유지하는 비결이다.

그럼, 어떻게 해야 할까?

뭐 어쩌자는 건 아니다. 어찌해보려 해도 할 만한 게 딱히 보이질 않는다. 일 년에 240만여 ton의 밀과 밀가루를 소비하지만, 직접 생산하는 밀은 2만 ton도 채 되지 않는다. 이마저 매년 줄어들고 있는 상황에서 '대체 무엇을 할 수 있단 말인가'. 이게 현실이다.

빵은 로컬 재료로 만드는 로컬푸드가 되어야 한다. 로컬 재료인 밀에 대해 나는 밀 품종의 다양성에 관심을 기울여야 한다고 생각한다. 그 동안 여러 번의 빵 테이스팅을 열었다. 여러 경로를 통해 수집한 다양한 토종밀과 고대밀로 만든 빵을 먹어보고 비교하는 자리였다. 밀 품종만 다를 뿐인데 빵의 모양, 식감, 풍미가 다 다르다는데 놀라시는 분들이 많았다. 밀 본연의 풍미를 살린 제빵, 그리고 본연의 풍미가 확실한 다양한 밀 품종, 나는 이게 우리밀이 가야 할 길이라고 믿는다.

우리밀의
제빵 특성을 분석하다

홈베이킹을 시작한 후로 이런저런 밀가루를 사용하여 빵을 구워 왔다. 밀가루의 종류에 따라 반죽과 빵의 특성이 달라진다는 사실은 흥미로웠다. 밀가루가 흡수하는 물의 양, 빵의 부푸는 정도, 그리고 빵의 풍미도 많이 달랐다.

밀가루의 차이가 이런 차이를 만들어 낸 것인데, 밀가루의 특성치에 대한 수치화된 데이터는 잘 구할 수가 없었다. 특히 우리밀에 대한 데이터는 더 그랬다. 그래서 이곳 저곳에 직접 시험을 의뢰하여 데이터를 구했다. 수분율, 회분, falling number, 단백질 함량, 손상 전분 등을 분석했다. 분석 대상은 2017년산 앉은뱅이 밀가루, 2018년산 앉은뱅이 밀가루, 2017년산 프랑스 밀가루 T55로 하였다.

앉은뱅이 밀가루는 공주 토종 밀 생산 농부 황진웅 선생의 앉은뱅이밀을 완주 대성팜에서 롤러밀로 제분한 것이다. 연도별 편차 유무를 확인하기 위해 2017년 수확분과 2018년 수확분을 각각 분석에 사용하였다. 앉은뱅이 밀가루와 비교 분석을 위해 프랑스산 밀가루를 하나 골랐다. (주)선인에서 수입하는 La Farine du Chef의 T55 밀가루이다.

분석 결과는 아주 흥미로웠다.

토종 앉은뱅이밀의 특성과 T55의 특성은 상당히 유사하다.

앉은뱅이밀과 T55로 빵을 만들며 이 두 밀가루가 아주 유사하다는 것을 느꼈다. 빵이 크게 부풀지 않는 것도 그렇고 빵이 질기지 않은 것도 그렇다. 둘 간의 유사함은 분석 결과를 통해서도 확인된다. 특히 단백질 함량은 약 11%로 상당히 비슷하다. 프랑스 빵용 밀가루의 단백질 함량이 11%대이므로 앉은뱅이밀의 가능성이 충분하다고 볼 수 있다.

앉은뱅이밀의 아밀라제 활성이 높지 않다.

밀가루를 좀 안다고 자부하는 베이커들은 높은 아밀라제 활성을 우리밀 특히 앉은뱅이밀의 한계로 지적해 왔다. 하지만 분석 결과는 이들의 지적이 사실무근함을 확인해주었다. 아밀라제 활성을 나타내는 지표인 F/N, 즉 Falling Number 수치는 T55와 앉은뱅이밀이 큰 차이가 없음을 보여준다. 일반적으로 F/N이 350 이상이면 제빵용으로 적합하다고 평가되고 있으니 앉은뱅이밀은 제빵용으로 손색이 없다고 할 수 있다.

문제는 제분이다.

손상전분 양은 앉은뱅이 밀가루가 T55에 비해 30% 가까이 높다. 제분 시 마찰과 압착에 의해 입자가 손상된 전분을 손상전분이라 한다. 손상된 전분이 많아지면 반죽은 물을 더 많이 흡수하고 더 끈적이게 된다. 반죽이 끈적이면 반죽의 성형성과 최종 산물인 빵 속살의 식감도 영향을 받는다. 앉은뱅이밀로 만든 빵이 떡과 같이 쫀득한 식감을 주는 것은 높은 손상 전분의 영향이 아닐까 조심스럽게 추정해본다.

회분율 또한 제분과 직접적인 관련이 있다. 제분 과정에서 밀기울이 더 들어가면 회분율이 높아진다. 회분율이 높은 밀가루는 물을 더 많이 흡수하며 빵이 덜 부풀게 하고 빵의 색이 진해진다. 앉은뱅이밀은 회분율이 T55보다 높을 뿐만 아니라 2017년과 2018년에 상당한 편차가 있다. 소형 제분소의 한계이다.

프랑스 밀가루는 시골빵, 뤼스틱, 바게트 등 프랑스빵에 최적화되어 있는 밀가루이다. T55는 이들 빵을 굽기 위해 사용되는 대표적인 밀가루이다. T55와 비교 분석한 우리 토종 앉은뱅이밀은 T55와 유사한 특성을 나타냄을 분석 데이터를 통해 확인할 수 있었다. 또한 앉은뱅이 밀가루의 프랑스 빵용 밀가루로서 가능성도 확인할 수 있었다.

다만, 앉은뱅이 밀가루의 특성 개선을 위해서는 제분에 대한 개선이 필수적이다.

밀가루 똥배?
_밀은 진정 만병의 근원일까?

여기 무척이나 도전적인 주장이 있다. "머리부터 발끝까지 당신의 건강을 해치는 것은 바로 밀이다." 심장 예방학 의사인 윌리엄 데이비스가 자신의 책 《밀가루 똥배》에 단 부제이다. 중독성, 비만과 셀리악병 유발, 인슐린 저항성 초래, 노화 촉진, 심장병 유발, 뇌세포 파괴, 피부질환 유발. 저자의 주장대로라면 밀은 만병통치약, 아니 '만병의 근원'이다.

읽는 내내 뭔가 불편했다. 그리고 한 가지 근본적인 의문이 들었다.

"이 주장이 사실이라면 인류는 왜 밀을 버리지 않고 만년이라는 긴 세월 동안 먹었을까?"

밀 글루텐이 문제인가?

인터넷 검색을 해봤다. 밀가루가 유발했음직한 질병들에 대한 이야기가 넘쳐났다. 그 중 비중이 가장 높은 것이 셀리악병이다. 셀리악병은 밀 글루텐이 유발하는 소화기관 장애로, 자기 면역 질환의 일종이다. 반면, 밀가루 섭취시 나타나는 알레르기, 가려움

증, 호흡곤란 등 소화기관 장애 없이 나타나는 증상을 글루텐 불내증이라고 한다.

아하 밀의 글루텐이 문제로군! 그러면 밀 글루텐이 어떻게 셀리악병을 유발하는지 그 기제가 궁금해졌다. 다시 자료를 찾아보았다. 인체 면역체계의 작동원리를 이용한 설명은 비전공자인 나에게 해독하기 어려운 암호 같았다. 내 방식대로 풀어본 암호의 내용은 이렇다.

밀 단백질의 주성분인 글루텐은 글리아딘과 글루테닌으로 구성된다. 글리아딘은 사람의 소장에서 아미노산으로 완전 분해되지 않고 펩타이드로 남는다. 펩타이드는 소장 세포벽을 통과한 후 CD4+ T 세포와 결합, 면역시스템을 활성화하여 항체를 생성한다. 항체는 소장의 상피를 공격하여 소장의 기능 장애를 가져오고 영양분 흡수 능력을 떨어뜨린다.

한마디로 요약하면 사람의 면역체계가 글리아딘을 병원체로 인식하여 글리아딘을 공격하면서 소장 자체에도 손상을 일으킨다는 것이다.

여기서 다시 한 가지 의문이 생긴다. 글리아딘이 셀리악병의 원인이라면 제빵성 향상을 목표로 육종된 현대밀이 셀리악 병을 일으키는 원인이라는 저자의 주장은 어떻게 봐야 할까? '밀가루의 제빵성은 글리아딘이 아닌 글루테닌에 영향을 받는데….'

저자가 주장의 근거로 삼은 논문을 찾아보았다. 아래 참고문

헌이다. 논문 제목만 봐도 그의 주장은 타당하지 않은 듯 보인다. 논문의 제목을 우리말로 옮겨 보면 '현대와 토종 6배체 밀 품종에 존재하는 셀리악병 항원 결정기: 밀 육종이 셀리악병 발병률을 높이는데 기여했을지도'이다. 내 눈길은 끈 건 '기여했을지도'이다. 육종밀과 육종을 거치지 않은 토종밀 모두에 셀리악병 항원 결정기가 존재한다. 다만 셀리악병 항원 결정기가 발견되는 밀 품종의 수는 현대에 육종된 밀이 토종밀보다 더 많다. 따라서 밀의 육종이 셀리악병 발병률 증가에 영향이 있는 것 같기는 하지만, 직접적인 원인이라고 할 수는 없을 것 같다. 이것이 이 논문의 결론이다. 결론을 명확하게 내리는 대신 어느 정도 다른 가능성을 열어 놓는 게 연구자들의 일반적인 글쓰기 행태임을 고려하면 이 논문의 결론은 '셀리악병 발병률 증가는 밀 육종과는 관련이 없다'로 봐도 무방할 것이다.

Hetty C. van den Broeck 등, 2010, Presence of celiac disease epitopes in modern and old hexaploid wheat varieties: wheat breeding may have contributed to increased prevalence of celiac disease, Theor Appl Genet, Vol. 121, pp. 1527-1539

제초제 성분인
글리포세이트가 원인일 수도 있다!

자료 검색 중에 흥미로운 논문을 하나 발견했다. 아래 참고 문헌이다. 밀에 남아있는 글리포세이트의 성분이 장내 미생물에 교란을 일으켜 자가 면역반응을 일으켰고 그 결과가 바로 셀리악병이라는 게 바로 논문 저자들의 주장이다. 셀리악병 발병률과 밀밭에서 사용된 제초제 글리포세이트 양의 높은 양의 상관관계를 보여주는 그래프는 그들 주장을 완벽하게 뒷받침해준다.

Anthony Samsel 등, 2013, Glyphosate, pathways to modern diseases II: Celiac sprue and gluten intolerance, Interdiscip Toxical, Vol. 6(4), pp. 159-184.

밀가루 가공 방식에도 원인이 있다!

흥미로운 주장은 또 있다. 셀리악병 발병률 증가를 밀가루 가공과 섭취방식의 변화로 설명하는 것이다. 제분과 제빵 방식의 변화가 그 주장의 중심에 있다. 인류가 밀농사를 짓기 시작한 이래로 밀은 맷돌로 제분하였다. 이 때 밀가루는 당연히 밀기울이 포함된 통밀가루이다.

하지만 19세기 말 롤러 밀이 도입되면서 상황은 완전히 달라졌다. 새로운 제분 방식은 밀기울이 없는 백밀가루를 만들기에 최적화된 방식이었다.

가게의 매대는 통밀가루 대신 백밀가루로 채워졌다. 밀가루에서 밀기울을 제거함으로써 밀가루에 있는 단백질 성분(셀리악병을 유발하는 것으로 알려진 글리아딘을 포함한다)을 분해하는 단백질 분해효소도 같이 제거되었다.

제빵 방식의 변화도 한 가지 원인으로 지적된다. 산업화된 대량생산체제 속에서 빵은 더 이상 장시간의 발효를 거치는 발효식품이 아니라 산화제 등 화학첨가제와 기계의 무지막지한 힘을 빌려 한두 시간 내에 찍어내는 패스트푸드가 되었다. 충분한 발효를 거치지 않으니 밀가루의 단백질 성분이 잘 분해되지 않는다. 분해되지 않은 단백질은 그대로 소화기관에 들어간다. 게다가 빵은 단백질 분해 효소가 제거된 백밀가루로 만든다. 설상가상이다.

밀과 셀리악병에 대한 조사를 하는 동안 내내 머릿속을 떠나지 않는 사건 하나가 있었다. 19세기 말, 일본군 부대에서 발생한 각기병이 바로 그것이다. 각기병은 다리가 붓고 힘이 없어 걷기 어려워지는 병이다. 심한 경우 심장기능이 떨어져 죽음에 이르기도 한다. 메이지 유신(1868년) 이후 징병된 농촌 청년들은 군대에서 흰 쌀밥을 배불리 먹었다. 급식을 든든히 먹었건만 군인들은 어찌 된 일인지 힘을 쓰지 못했다. 군대 전력은 형편없이 떨어졌고 사망자도 속출했다. 러일전쟁 당시 일본군 육군에서 각기병으로 사망한 군인은 20만 명이 넘었다. 전력손실이 이만 저만이 아니었다. 비싼 밥 먹여놓았더니 비실대고 심지어 사망하기까지 했다. 일본군 수뇌부는 매우 당혹스러울 것이다. 원인 규명을 위한 대대적인 연구, 조사가 진행되었다. 하지만 원인은 쉽게 밝혀지지 않았다. 그런데 해결책은 아주 쉽게 나왔다. 급식을 흰 쌀밥에서 보리밥으로 바꾸고 채소 반찬을 늘리니 각기병이 감쪽같이 사라졌다. 이후 과학적인 분석을 통해 비타민 B1·B2 결핍이 병의 원인인 것으로 밝혀졌다. 더 부드러운 밥을 먹기 위해 벼를 백미로 도정하는 과정에서 비타민이 들어 있는 쌀눈을 제거한 것이 문제의 발단이었던 것이다.

위 사건에서 각기병을 셀리악병으로, 흰 쌀밥을 백밀가루로 바꾸면 완벽히 맞아떨어지는 스토리가 되지 않을까?

밀가루도 흰 쌀밥도 무죄다. 문제는 부드럽고 입에 단 음식에 대한 인간의 욕망과 빨리 생산해서 더 많이 벌려는 인간의 탐욕에 있다.

토종농부
황진웅을 만나다

농부 황진웅 씨, 그는 공주 계룡산 아래에서 밀, 벼, 보리, 수수 등 곡식 농사를 짓는다. 그의 논과 밭에서 자라는 곡식은 모두 토종이다. 그래서 나는 그를 토종농부라 부른다. 토종은 농부가 수확한 씨앗 중 튼실한 것을 골라 놓았다가 이듬해 다시 심는 씨앗이다. 할머니에서 엄마로, 엄마로부터 다시 딸로 전해지는 씨앗이 바로 토종이다.

2016년 어느 날 황진웅 선생을 알게 되었다. 선생과 어떻게 인연이 닿았는지는 잘 기억나지 않는다. 우리밀 빵 굽기에 한참 빠져 우리밀을 찾는 과정에서 황 선생을 알게 되었을 것이다. 당시 나는 전국 각지에서 재배된 우리밀로 빵 굽는 일에 재미를 붙이고 있었다. 진주의 앉은뱅이밀, 장흥의 흑밀과 금강밀, 구례의 금강밀, 괴산의 금강밀, 그리고 공주의 금강밀과 앉은뱅이밀. 그간 빵 굽기에 사용했던 밀이다. 처음에는 남쪽 지방에서 재배한 밀을 사용하다가 점점 중부지방에서 재배되는 밀로 관심이 옮겨졌다. 빵을 구우면서 남부보다는 중부에서 재배한 밀로 구우면 빵이 더 잘 된다는 것을 무의식적으로 깨달은 듯하다.

황 선생에게 전화를 걸었다. 앉은뱅이밀을 사고 싶다고 했다.

“뭐 하시게요?”

“빵 구워 보려고요.”

“앉은뱅이밀로는 빵이 안될 텐데요.”

“그래도 보내 주세요. 우선 2kg만.”

며칠 후 조그마한 밀가루 봉지가 택배로 배달되었다. 봉지를 뜯은 후 코를 박고 냄새를 맡았다. 오호 향이 좀 다른 걸. 봉투에 손을 넣어 밀가루를 한 꼬집 잡아 입에 털어 넣었다. 구수한 향이 짙게 났다. 이게 책에서 읽었던 토종밀의 진한 향이구나.

황 선생의 앉은뱅이밀로 구운 빵 맛이 궁금했다. 바로 재료를 계량하여 반죽을 했다. 앉은뱅이밀은 지금까지 써온 밀에 비해 물을 더 많이 흡수했고 반죽은 더 끈적했다. 순간 푹 퍼진 나의 첫 빵에 대한 기억이 떠올랐다. 제대로 부푼 빵을 굽기 위해선 밀가루를 더 넣어야 했다. 밀가루 분석 데이터를 통해 앉은뱅이밀로 만든 빵 반죽은 왜 이런 건지를 알게 된 건 그로부터 한참 뒤의 일이다.

빵이 익기 시작하자 거실은 온통 빵 내음으로 가득 찼다. 누룽지처럼 구수한 향이었다. 빵은 크게 잘 부풀지 않았다. 식기를 기다려 잘라보니 내상은 기공이 거의 없이 조밀하다. 빵에 코를 박고 킁킁 냄새를 맡아보면 영락없는 누룽지 향이다.

며칠 후 빵 두 덩이를 황 선생께 보내드렸다. 다음날 황 선생의 전화가 걸려왔다.

"빵 예쁘게 잘 나왔네!"

선생의 흥분된 목소리가 아직도 귓가에 생생하다. 이제 선생은 말한다.

"앉은뱅이밀로 빵 잘 돼~~"

토종밀,
고대밀 종자를 건네다

우리 땅 이곳저곳에서 기르는 이런저런 품종의 밀과 밀가루로 빵을 구우며, '좀 더 풍미가 좋고 빵도 좀 더 잘 되는 밀 품종은 없을까'라는 생각을 끊임없이 하게 되었다. 급기야 고대밀과 외국의 토종밀을 수집하여 직접 기르게 되었다. 2015년 가을에 시작한 일이다.

2015년에 구해온 한 줌의 밀알은 다음 해 페트병 반만큼의 양이 되었고 3년 차에는 20kg 이상이 되었다. 3년 차 가을 밀파종을 위해선 함께 밀농사를 지어줄 농부님이 필요했다. 당시 앉은뱅이밀로 연을 맺게 된 황 선생과는 지속적으로 교류하고 있었다. 자연 재배로 농사짓는 황 선생과 환경친화적인 농법으로 텃밭농사를 짓는 나는 농사에 대한 철학이 비슷했기에 금세 의기투합할 수 있었다. 내가 증식하고 있는 모든 종자를 황 선생께 넘겼고 증식 4년 차인 2018년 200kg 이상을 수확하게 되었다. 캐나다 토종밀인 레드파이프(Red Fife)가 그 주인공이었다. 나는 아쥬드블레에서 그 밀로 빵을 구웠고 레드파이프 통밀빵이라 이름 지었다.

레드파이프 통밀빵은 특유의 달큰한 끝 맛으로 많은 사람들의 사랑을 받았다. 특히 농부장터인 마르쉐에서 뜨거운 인기를 누렸다. 지난 4년간의 노력이 결실을 보는 순간이었다.

내가 처음 황 선생에게 전화를 한 날로부터 2, 3년이 지난 어느 날 황 선생은 말했다. 내가 처음 전화를 한 날 전화를 끊고 이런 생각을 했단다.

"별 미친놈이 다 있네. 앉은뱅이밀로 무슨 빵을 굽는다고."

그때까지만 해도 앉은뱅이밀 농사를 짓고 있지만, 그 밀로 빵이 된다는 생각을 한 번도 해 본 적이 없었다고 한다.

"황진웅 농부 만세!"

아쥬드블레를 운영할 당시 황 선생의 2018년 산 앉은뱅이밀 햇밀로 구운 빵이 오븐에서 갓 나왔을 때 나는 이렇게 외쳤다. 나는 지금도 황 선생이 재배한 여러 가지 밀로 빵을 굽는다. 빵을 구울 때마다 밀에 대한 경외감을 느끼면서.

나의 빵

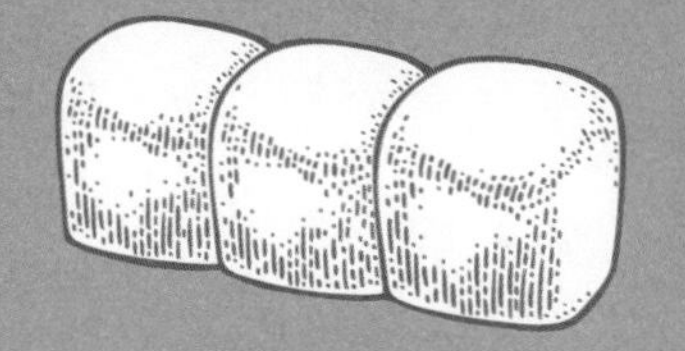

자네만의 빵을 굽게나

니헤이 도시오 선생은 빵에 대한 나의 생각을 완전히 바꾸어 놓았다. 일본의 빵신(神)이라 불리는 선생은 프랑스 빵 연구에 평생을 바치셨다. 2017년 7월, 선생과 함께 빵을 구울 기회가 생겼다. 선생이 쓰신 책의 한국어 판인 《Bon Pain 좋은 빵으로의 길》의 출판기념행사로, 선생의 빵 시연회가 열린 것이다. 운 좋게도 나는 시연회에서 선생의 보조 역할을 맡게 되었다.

선생은 예정된 시연회 날짜보다 일주일이나 먼저 서울로 오셨다. 첫인상은 강렬했다. 깡마른 체격에 날카로운 눈빛. 한눈에 봐도 보통 분은 아니라는 생각이 들었다. 사람을 많이 만날 수밖에 없는 직업에 오랫동안 종사하다 보니 사람을 보는 나름의 눈이 생겼다. 그 나름의 눈에 따르면 선생은 꼬장꼬장한 장인이었다.

선생은 왼팔에 석고붕대를 두르고 있었다. 자전거를 타다 사고가 났다고 한다. 빵을 굽기 위해선 두 손이 필요하다. 보통 사람이라면 상처가 다 나을 때까지 시연회를 미루었을 것이다. 하지만 선생은 예정대로 시연회를 진행했다. '선생님, 왼팔 불편하신

데 빵 구우실 수 있겠어요?'라는 질문에 문제없다는 대답이 돌아왔다. 옆에서 잘 도와달라는 부탁도 잊지 않으셨다.

금요일로 예정되어 있던 시연회 준비는 월요일에 시작되었다. 한국어판을 번역하신 곽지원 선생이 통역과 진행을 맡았고, 나를 포함한 3명이 보조를 맡았다. 준비 첫날은 시연할 빵에 대한 소개로 시작되었다. 책에 실린 모든 빵을 시연하실 계획이었다. 빵 하나하나에 대한 강의가 이어졌다. 빵의 유래, 레이몽 깔벨 교수와의 인연, 빵 발효의 원리 등에 대해 설명했다. 강의는 불쑥불쑥 던지는 나의 질문으로 끊어지기 일쑤였다. 하지만 선생은 모든 질문에 친절한 답을 주셨다.

강의는 아주 인상적이었다. 그 동안 혼자 빵을 구우며, 빵 수업을 받으며 갖게 된 수많은 의문에 대한 명쾌한 답을 얻을 수 있었다. 평생의 연구와 실습으로 체화한 지식을 아낌없이 나누어 주시는 모습은 감동이었다. 빵신이라는 호칭은 결코 허명이 아니었다.

선생이 챙겨 오신 것 중에 내겐 아주 특별한 것이 있었다. 바로 일본 Nissin제분사의 밀가루 팸플릿이다. 팸플릿에는 밀가루 제품의 회분율, 단백질 함량, 용도와 특징이 일목요연하게 정리되어 있었다. 팸플릿에 소개된 밀가루 제품 수는 놀라웠다. 19종! 그것도 프랑스 빵용 밀가루만! 빵에 따라 그 빵에 맞는 밀가루가 있을 수 있다는 깨달음을 얻었다.

이틀째 되는 날은 나 혼자 선생을 도왔다. 하루 종일 선생과 온전히 함께 할 수 있는 다시 없을 좋은 기회였다. 제빵에 대한 많은 궁금증을 풀 수 있는 시간이었지만, 내 일본어 실력으론 원활한 의사소통이 어려웠다. 얼마나 아쉬웠던지. 그 날 페이스북에 이런 소회를 남겼다.

대가와의 하루. 하고 싶은 말 못 하고 잘 알아듣지도 못했지만 대가의 손동작을 보는 것만으로도 감동이 충분한 하루였습니다. 세상엔 참 대단한 빵도 대단한 분도 많습니다. 더 겸손해져야 하겠습니다

이틀간의 사전 준비를 마치고 마침내 시연회 당일. 이틀간 예행연습은 했지만, 몇 시간 만에 5가지 빵을 구워야 하니 옆에서 보조하는 우리는 정신이 하나도 없었다. 선생이 굽는 빵에 대해 충분히 이해하지 못한 까닭에 시연회가 시작되니 갈팡질팡 하는 건 피할 수 없었다. 실수가 반복되자 선생의 얼굴이 짜증으로 일그러졌다. 원래 일에 대한 기준이 높은 분이니, 그 기준에 맞추지 못하는 미숙한 보조들이 맘에 안 드셨던 거다.

좀 적어라 적어!

동시에 여러 가지 빵을 구울 때 무엇보다 중요한 것이 일정관리이다. 빵은 종류에 관계없이 비슷한 공정을 거쳐 만들어진다.

공정이 겹치는 일이 다반사다. 설비 용량이 충분하면 문제가 없지만 비용 문제로 설비를 충분히 갖추는 건 한계가 있다. 이때 공정이 최대한 겹치지 않도록 작업하는 것이 중요하다. 이때 필요한 건 계획과 기록이다. 계획은 시연자인 선생이 하시고 보조로서 나의 역할은 공정의 진행 현황을 기록하여 적시에 선생께 알려주는 일이었다. "좀 적어라 적어!" 역할을 제대로 못하는 나에게 선생이 하신 말씀이다. 아차, 무안했다. 그때의 기록이 A2 크기의 종이에 남아 있다. 한 면엔 내가 쓴 빵의 공정, 시간과 공정에 대한 묘사가, 다른 한 면엔 선생이 쓰신 시연회 전체 계획과 빵 발효에 대한 설명이 빼곡하게 적혀 있다. 한 순간의 무안함과 바꾼 소중한 자산이다.

보조의 미숙함에도 불구하고 선생은 멋진 빵을 구워 내셨다. 모양도 맛도 향도 기가 막혔다. 특히 이스트로 발효시켜 구운 뤼스틱(Pain Rustique)은 감동이었다. 짙은 황금색으로 구워진 빵은 보기만 해도 먹음직스러웠다. 빵의 더운 기가 없어지자 선생은 하나를 들고 코를 박으셨다. 그리고 빵을 꾹꾹 누르며 냄새를 맡으셨다. '빵 향은 이렇게 맡는 거야'라며. 이어서 빵을 썰었다. 빵칼의 움직임에 따라 경쾌하게 울리는 바삭거림이 아직도 귀에 생생하다. 선생에게 넘겨받은 한 조각을 코에 대고 킁킁 냄새를 맡아 보니 곡물의 구수함과 함께 상큼한 과일향이 났다. 한 입 베어 물었다. 그 맛은 충격 그 자체였다. 이스트 발효 빵이 이렇게 맛있을 수가 있다니….

뤼스틱은 빵에 대한 나의 생각을 완전히 바꾸어 놓았다. 무슨 이유였는지 지금도 모르겠지만, 첫 빵을 구운 후로 쭉 나는 사워도우 빵만이 진정한 빵이라는 생각을 가지고 있었다. 이스트로 굽는 빵은 들여다볼 가치도 없다고 생각했다. 하지만 선생의 뤼스틱을 맛보고는 이스트 발효로도 훌륭한 빵을 구울 수 있다는 깨우침을 얻었다.

자네만의 빵을 굽게나

시연회에서 선생은 이스트 발효 빵, 르방 빵, 이스트와 르방을 같이 쓴 하이브리드 빵을 선보이셨다. 이스트 발효빵은 이스트 발효빵대로, 르방 빵은 르방 빵대로, 하이브리드 빵은 하이브리드 빵대로 각자 매력을 발산하였다. 선생은 시연회를 통해 어떤 발효법이 다른 발효법보다 우월한 것이 아니라 발효 방법에 따라 각각 특성이 다른 빵을 구워낼 수 있음을 보여주고 싶으셨던 건 아닐까?

햇병아리 베이커인 나에게 선생은 귀중한 조언을 남기셨다.

어떤 빵이든 그에 어울리는 발효법이 있다네. 빵에 따라 이스트로 발효할 수도, 르방으로 발효할 수도 있지. 둘을 섞어 이스트와 르방의 마리아쥬(marriage)를 만들어 보게나. 자네만의 멋진 빵을 만들 수 있을 거야. 행운을 비네.

내가 굽고 싶은 빵

어떤 빵을 굽고 싶으세요?

나는 제빵 수업을 이 질문으로 연다. 수업에 오신 분의 수만큼 다양한 답변이 돌아온다. 오신 분들의 배경이 다양하듯 빵에 대한 생각도 다양하다. 하지만 그들의 대답엔 공통의 키워드가 있다. 우리밀과 안심하고 먹을 수 있는 건강한 빵이 그것이다. 내가 직접 빵을 구워야겠다는 생각을 하게 된 것이 바로 먹어도 속이 편한 빵을 구워 보겠다는 것이었으니, 빵을 배우러 오신 분들과 나 사이에는 보이지 않는 어떤 공명(共鳴, resonance)이 있는 것이 분명하다.

가끔은 나도 같은 질문을 받는다. '어떤 빵이 좋은 빵이냐'고. 자주 질문을 받고 대답을 하다 보니 좋은 빵에 대한 나의 생각도 자연스럽게 정리되었다.

로컬푸드, 좋은 빵에 대한 나의 첫 번째 기준이다. 나는 빵도 로컬의 재료로 만드는 로컬푸드여야 한다고 생각한다. 빵의 가장 중요한 재료인 밀가루를 우리 땅에서 자란 우리밀을 써야 하는 건 지극히 당연한 일이다. 이것이 내가 우리밀에 그토록 천착하는 이유이다. 환경친화적인 재배법으로 기른 우리밀이면 더할 나위가 없다.

밀 특유의 향과 풍미가 살아있는 빵, 나의 두 번째 기준이다. 우리는 밥을 주식으로 한다. 따라서 빵은 주식이 아닌 간식거리이다. 간식거리는 당연히 달달하고 먹기 좋게 부드러워야 한다. 그러다 보니 설탕, 유지, 충전물 등이 많이 들어간 빵이 인기다. 이런 빵에서 밀의 향이니 풍미니 하는 것은 사치이다. 밀가루는 그저 충전물을 담을 수 있는 빵의 구조를 만들어 주는 역할만 하면 그만이다. 이는 대량으로 수입되는 밀로 만든 저렴한 밀가루로도 충분하다.

각각의 밀 품종은 자기만의 향과 풍미를 지니고 있다. 수확량 증대와 제빵성 향상이라는 목표로 진행된 현대 밀 육종 이전의 밀 품종은 특히 더 그렇다. 토종밀, 고대밀이 바로 그런 밀이다. 내가 토종밀, 고대밀에 관심을 기울이는 이유이다. 나는 각각의 밀 품종이 가지고 있는 고유의 향과 풍미를 담은 빵을 굽고 싶었다.

셋째, 슬로푸드. 빵은 태생적으로 슬로푸드다. 베이커가 직접 배양한 효모와 유산균들이 가득한 사워도우 스타터를 반죽에 첨가해 장시간 천천히 발효해서 굽던 음식이었다. 이런 빵은 효모와 유산균들에 의해 밀가루에 있는 탄수화물, 단백질, 지질 등이 충분히 분해되었기에 먹으면 소화흡수가 잘 된다. 따라서 먹은 후

속도 편하다. 또한 발효과정에서 생성된 에스테르 등 각종 풍미 성분이 내는 풍부한 발효의 풍미를 느낄 수 있다. 하지만 대량생산 방식의 도입과 함께 빵은 완전 자동화된 생산라인에서 2, 3시간이면 완성되는 '패스트푸드'가 되었다.

과도한 기계 사용에 대한 대응과 발효촉진을 위해 많은 식품첨가제가 사용되고 이에 따라 속을 더부룩하게 만드는 빵이 만들어진다. 또한 발효 풍미라고는 찾아볼 수 없는 빵이 되었다. 나는 식품첨가제로 범벅이 된 대량 생산 시스템에서 생산되는 패스트푸드가 아닌 슬로푸드를 굽고 싶다.

맛있는 빵. 먹는 즐거움이 없는 인생은 무미건조하다. 음식은 단지 인체의 신진대사에 필요한 영양분을 공급하는 것 그 이상의 의미가 있다. 빵도 마찬가지다. 건강에 좋은 빵만으로는 부족하다. 건강에 좋으면서 맛도 있어야 한다.

빵의 맛은 어디에서 올까? 빵 맛의 근원은 크게 네 가지다. 밀 고유의 맛과 향, 발효과정에서 나오는 풍미 성분, 마이야르 반응에서 발생하는 풍미 성분, 그리고 견과류, 과일, 치즈 등 충전물이 그것이다. 밀과 발효과정에서 나오는 맛은 위에서 언급한 대로이다.

마이야르 반응은 오븐의 고온 환경에서 밀가루의 당분과 단백질이 변성해 표면이 갈색으로 변하는 반응이다. 이때 수천 종의 새로운 풍미 성분이 만들어진다. 특히 구수한 곡물의 향이 배가된다. 나는 철판에 볶는 요리를 먹은 후 먹는 볶음밥을 좋아한다. 철판에 얇게 편 밥이 뜨거운 철판의 열로 타닥타닥 소리가 나기 시작할 때까지 인내심을 가지고 기다려야 한다. 이 순간이 바로 철판 비빔밥이 철판 볶음밥으로 변신하는 순간이다. 철판 볶음밥 맛은 철판 비빔밥의 그것과는 질적으로 다르다. 마이야르 반응이 이 질적 변화의 본질이다. 빵도 마찬가지다. 오븐의 열기를 받아 하얗던 빵 표면이 짙은 색으로 변하는 건 철판 비빔밥에서 철판 볶음밥으로 바뀌는 질적 변화와 동일하다. 내가 이건 좀 많이 탄 거 아냐 하는 생각이 들 정도로 짙은 색으로 빵을 굽는 이유이다.

빵 맛을 가장 쉽게 낼 수 있는 건 이런저런 충전물을 넣는 것이다. 달거나 고소하거나 감칠맛을 내는 충전물을 넣으면 맛있는 빵을 구울 수 있다. 이런 빵에 대한 소비자들의 반응도 좋다. 하지만 충전물의 강한 맛은 밀의 풍미도, 발효 풍미도, 마이야르 반응으로 새로 만들어진 풍미 성분의 풍미도 가리기 마련이다.

좋은 빵의 마지막 조건은 빵의 특징을 제대로 살리는 것이다. 바게트는 바게트대로, 깡빠뉴는 깡빠뉴대로, 치아바타는 치아바타대로 그 빵만의 특징이 있다. 빵 고유의 특징은 그 빵의 유래, 발전과정과 밀접한 관계가 있다. 바게트를 예로 들어 보자. 바게트 유래에 대한 여러 설이 있다. 나는 1830년대 후반 오스트리아 출신 아우구스트 장이 프랑스에 도입한 빵 비에누아에서 유래했다는 설이 가장 타당하다고 생각한다. 빵 비에누아의 인기에 힘입어 길이가 긴 빵이 만들어졌으며, 나중에 이를 바게트라 부르게 되었다. 긴 빵 모양과 함께 아우구스트 장에 의해 프랑스에 소개된 오븐 내 스팀 주입, 제빵용 이스트의 사용 또한 바게트의 발전에서 빼놓을 수 없는 요소이다. 모양, 스팀, 제빵용 이스트가 바게트에 미치는 영향은 절대적이다. 이들 세 요소들이 잘 맞아떨어질 때 비로소 제대로 된 바게트가 나온다.

비앙 퀴(bien cuit). 잘 구워졌다는 프랑스 말로 제대로 잘 구워낸 바게트를 묘사할 때 쓰는 표현이다. 바게트 묘사에 쓰일 때 비앙 퀴에는 바삭하다는 의미가 포함되어 있다.

바게트의 바삭함을 논할 때 빼놓을 수 없는 또 하나의 특성이 있다. 바로 crumb to crust ratio, 즉 속살과 표면의 비율이다. 이 비율이 낮을수록, 즉 표면이 속살보다 많을수록 빵은 더 바삭해진다. 바게트는 길이를 늘임으로써 이 비율을 극단적으로 낮추었다. 바게트가 다른 빵에 비해 훨씬 더 바삭한 이유이다.

스팀 또한 바게트를 굽는데 없어서는 안 될 중요한 요소이다. 스팀 없이 제대로 된 바게트를 구울 수 없다. 스팀은 바게트 표면을 더욱 바삭하게 하고, 마이야르 반응을 촉진시켜 바게트의 풍미를 높이며, 오븐 스프링을 촉진하여 폭신한 속살을 만들어 준다.

바게트의 마지막 요소는 제빵용 이스트이다. 바게트는 1880년대 상용화된 제빵용 이스트를 사용해 발효시킨 최초의 린 브레드이다. 바게트는 속살이 폭신한 빵이다. 밀기울이 들어가지 않은 하얀 밀가루를 제빵용 이스트로 발효시켜 속살이 폭신한 바게트를 구웠다. 당시 파리에서 바게트의 선풍적인 인기는 제빵용 이스트가 없었다면 불가능했을지도 모른다. 요즘은 통밀 바게트나 사워도우로 발효한 바게트도 있지만, 바게트는 백밀가루를 제빵용 이스트로 구운 빵이었다.

여기까지 말하고 나면 어김없이 날아오는 질문이 있다.

"그럼 지금 당신의 빵은 어디까지 왔습니까?"

"글쎄요, 한 60% 정도."

빵이 곧 베이커다

빵은 베이커를 닮는다.

많은 빵집을 돌아보며 갖게 된 생각이다. 동네 빵집을 오픈하기 전 많은 빵집을 다녔다. 주로 규모가 크지 않은 개인 빵집을 찾았다. SNS로 인연을 맺은 분들의 빵집에 가게 되면 오너 베이커와 이야기를 나누었다. 이런저런 이야기를 나누다 보면 빵집을 열기 전엔 어떤 일을 했는지, 어떤 계기로 빵집을 열게 되었는지, 어떤 빵을 구우려고 하는지, 빵집 고객은 누구인지, 빵집 운영은 어떤지 등을 알게 된다. 특히 내가 관심을 가졌던 부분은 빵에 대한 베이커의 생각과 그 빵집의 고객층과 그들의 반응이었다. 베이커의 사연과 빵에 대한 생각은 참 다양했다. 세상에 똑같이 생긴 빵이 없듯이.

빵집에선 오너 베이커의 분위기가 풍겨 나온다. 그 중에서도 빵과 빵의 이름표는 베이커의 빵에 대한 철학을 가장 잘 드러낸다. 하여 빵집에 진열되어 있는 빵을 한번 쭈욱 둘러보는 것만으로도 베이커의 성향을 알 수 있다. 강화도 시골장터 앞에 자리한 동네 빵집에선 우리 땅에서 나는 밀과 호밀로만 구운 다양한 독일식 식사빵을 만났다. 독일 현지에 내놓아도 충분히 경쟁력이 있을 식사빵들이다. 지금까지 보아왔던 우리밀로 구운 빵들과는 차원이 다른 완성도가 느껴졌다. 하나하나 들여다보고 있노라면 빵이 참 아름다울 수도 있구나 하는 생각이 들 정도였다. 어려운 독일어로 된 빵 이름표들도 독일 빵을 굽는 빵집임을 극명하게 드러낸다.

양재동의 외진 아파트 단지 상가에 위치한 동네 빵집의 빵만큼 베이커의 이전 직업을 극명하게 드러내는 곳도 없다. 매달 만들어내는 새로운 메뉴는 베이커가 전에 펴내던 트렌디한 월간지의 이달의 특집 기사와 꼭 닮았다. 제철 재료를 이용한 새로운 메뉴의 색감과 형태는 베이커의 감각 그 자체였다.

평창 전통시장에선 제철 재료로 빵을 굽는 또 다른 베이커를 만났다. 그의 빵집 이야기를 들었을 때 시골에, 그것도 전통시장에서 빵이 소비될까하는 생각이 먼저 들었다. 평창 IC에서 평창읍까지 한참을 이어지는 꼬불꼬불한 시골길을 운전하면서 이런 우려는 더 강해졌다. 하지만 나의 우려와는 달리 그는 이미 많은 이들의 주목을 받고 있는 셀럽이다. 그는 평창을 중심으로 강원도 지역의 제철 식재료로 다양한 빵을 굽는다. 그의 빵은 말 그대로 로컬푸드다. 그는 종종 로컬 크리에이터라 불린다. 매달 새로 출시하는 빵 사진을 보고 있노라면 그 이유를 알 수 있다.

빵집 투어의 결론은 간단하게 정리할 수 있다. 매력적인 빵집은 울림이 있고, 그 울림은 베이커의 철학과 감각이 잘 드러난 빵에서 나온다.

언제부터인지 모르겠지만 나 자신을 표현할 수 있는 어떤 수단에 대한 갈망이 있었다. 악기, 그림, 글쓰기 등 많은 것을 시도해보았다. 하지만 여전히 갈망은 사그라들지 않았다. 나의 동네 빵집 도전은 어쩌면 그 갈망이 이끈 필연적인 결과인지도 모르겠다.

The baker is what he bakes이다. You are what you eat인 것처럼.

빵 용어,
제대로 쓰자

용어 정의 한번 하고 가시죠.

a word or phrase used to describe a thing or
to express a concept

어떤 사물의 묘사나 개념 설명에 사용하는 단어 또는 숙어, 옥스퍼드 영어사전의 용어(terms)에 대한 정의이다.

명확하게 정의된 용어는 사람들 사이의 의사소통을 원활하게 한다. 또한 사람마다 다른 해석으로 발생할 수 있는 오해나 분쟁의 소지를 미리 막아준다. 법적 효력을 가진 모든 계약서의 첫 부분이 용어 정의로 시작하는 데는 다 이유가 있다.

제빵과 관련된 용어의 정의는 내 베이킹 수업의 첫 번째 주제다. 내가 하는 모든 우리밀 베이킹 수업은 수업 동안 사용할 용어에 대한 정의로 시작한다. 이는 수업 시간 중 나와 수강생들이 사용하는 용어에 대한 같은 생각을 가질 수 있게 하기 위함이다.

수업 시간에 사용하는 중요한 용어 몇 가지를 살펴보자.

천연발효빵/사워도우빵

베이커가 직접 배양한 사워도우 컬처로 빵 반죽을 발효시켜 구운 빵이다. 빵은 반죽의 발효 여부에 따라 크게 무발효빵(flat bread)과 발효빵(leavened bread)으로 나눌 수 있다. 발효빵은 발효 방법에 사워도우 빵(또는 천연발효빵)과 이스트 발효빵으로 나뉜다. 사워도우는 사워도우 컬처로 발효시켜 구운 빵이다. 사워도우 컬처에 있는 다양한 종류의 효모와 유산균 군집이 빵 반죽을 발효시킨다. 나는 천연발효빵이라는 용어가 적절치 않다고 본다. 천연발효빵이라는 용어는 이스트는 천연이 아니라는 의미를 은연중에 내포하고 있다. 하지만 이는 틀린 말이다. 천연발효라는 말 대신 차라리 원어 그대로 사워도우라는 용어를 쓰자.

이스트

빵 반죽을 발효시키는 데 사용하는 상업용 발효제이다. 제빵용 이스트는 대량으로 인공 증식한 Saccharomyces Cerevisiae라는 효모 단일종을 건조한 것이다. 1880년대 유럽에서 상용화되었다. 이 종의 효모는 맥주, 포도주 발효에 사용되는 것과 동일한 종이다. 다만 맥주, 포도주 발효에 사용되는 효모의 품종은 풍미요소와 알코올을 더 많이 생성하는데 반해, 빵 발효에 사용되는 효모의 품종은 이산화탄소를 더 많이 생성한다는 데 두 효모간의 차이가 있다. 이들 효모 품종 간의 차이는 사과 중에 새콤한 사과, 새콤달콤한 사과, 퍼석한 사과, 애플파이에 잘 어울리는 사과가 있는 것과 같은 이치로 이해하면 쉽다.

이스트는 인공화합물이라는 오해가 있다. 하지만 이는 사실이 아니다. 이스트는 자연에 존재하는 단일 종의 효모를 대량으로 인공 증식한 것이다. 이 효모는 천연 또는 자연이라고 하는 사워도우 컬처에도 다량으로 존재한다. 사워도우와 제빵용 이스트의 차이는 야생의 날 것과 길들여진 가축의 차이 정도로 비유할 수 있다. 사워도우 또한 베이커에 의해 배양되는 것이니, 따지고 보면 완전한 야생의 날 것은 아니다.

사전 반죽

말 그대로 빵 반죽을 하기 전에 미리 만들어 놓은 반죽이다. 사전 반죽은 발효법에 따라 사워도우를 사용한 르방, 이스트를 사용한 비가, 풀리쉬, 스펀지로 구분된다. 다음날 반죽을 위해 조금 남겨 놓는 묵은 반죽도 사전 반죽 중 하나이다. 사전 반죽의 기원은 고대 이집트로 거슬러 올라간다. 먼 옛날 이집트의 피라미드 공사현장에서 우연히 구워진 인류 최초의 발효빵이 그 시작으로 알려져 있다.

베이커들이 사전 반죽을 사용하는 데는 여러 가지 의도하는 바가 있다. 빵의 풍미 증진, 빵의 산미 조절, 제빵성 증대, 제빵 스케줄 관리가 그 주된 목적이다.

컬처/스타터/르방

사워도우 빵 반죽을 발효시키기 위해 사용하는 발효제이다. 물과 밀가루의 혼합물이며 이 안에 밀가루의 전분이 분해된 당분을 먹이로 삼는 다양한 종류의 효모와 유산균 군집이 생태계를 이루고 있다. 밀가루와 물을 섞은 후 일정 기간이 지나면 효모와 유산균이 자연스럽게 자리 잡고, 일정 수준 이상의 개체수로 증식하면 빵 발효제로 사용할 수 있다. 효모와 유산균은 밀 알곡에 있던 것들, 공기 중에 있던 것들이다.

컬처, 스타터, 르방은 동일한 것을 지칭한다. 하지만 정확한 의사소통을 위해서 시점에 따라 용어를 달리 사용하는 것이 바람직하다. 발효제로 효모와 유산균을 배양하는데 대략 7일이 걸린다. 7일이 지나면 효모와 유산균 군집이 안정화되어 빵을 굽기에 충분한 발효력을 갖춘다. 이 처음 7일간 배양한 것을 컬처라 한다. 7일 이후에는 스타터라고 부른다. 반면, 르방은 본 반죽에 추가하기 위해 만드는 사전 반죽이다. 스타터에 물과 밀가루를 넣어 르방을 만든다. 스타터와 르방의 주된 차이는 양과 일회성 여부에 있다. 르방은 사전 반죽이기에 스타터보다 양이 훨씬 많다. 또한 르방은 본 반죽에 넣으며 끝인 일회성인 반면, 스타터는 계속 이어가야 하는 연속성이 있다. 스타터는 르방의 발효제이고, 르방은 본 반죽의 발효제라고 보면 된다.

리프레쉬

컬처나 스타터의 일부를 남긴 후 물과 밀가루를 추가하여 효모와 유산균을 배양하는 것이다. 이들 미생물이 건강하게 증식하도록 새로운 먹이를 공급하는 것이다. 미생물학을 전공한 어떤 수강생은 이를 계대 배양이라고 했다.

무반죽법(No-Knead)

미국의 Sullivan Street Bakery의 오너 베이커인 짐 라히(Jim Lahey)가 자신의 책 《My Bread: The Revolutionary No-Work, No-Knead Method》에서 소개한 혁신적인 제빵법이다. 봉긋하게 잘 부푼 빵을 구우려면 밀가루 반죽에 글루텐 구조를 만들어야 한다. 이를 위해 일반적으로 기계나 인력으로 반죽을 치댄다. 하지만 짐 라히는 이 책에서 물리적 치댐 없이도 잘 부푼 빵을 구울 수 있는 방법을 제시하였다. 이 방법은 밀가루에 물을 섞으면 물리적인 치댐 없이도 시간이 지남에 따라 자연스럽게 글루텐 구조가 만들어진다는 과학적 사실에 근거하고 있다. 물리적 힘 대신 시간의 힘을 빌리는 것이다. No-Knead 법은 제빵업계에 큰 반향을 일으켰다. 특히 반죽기가 없는 홈베이커 들이 이 방법에 크게 열광하였다.

No-Knead를 우리말로 옮겨온 것이 무반죽법이다. 하지만 이는 명백한 오류이다. 반죽을 하지 않고 어찌 빵이 된단 말인가?

반죽이라는 용어에는 재료의 혼합과 치댐이라는 두 가지 서로 다른 행위가 포함되어 있다. No-Knead는 두 가지 행위 중 치댐이 없다는 것이다. 따라서 이를 무반죽법이라고 함은 명백한 오류이다. '치대지 않는 반죽법'이라고 부르는 것이 맞다. 그도 아니라면 차라리 '손반죽법'이라고 해야 할 것이다.

뤼스틱 Pain Rustique

뤼스틱은 일본의 빵신이라 불리우는 니헤이 도시오 선생에게 배운 빵이다. 처음 이 빵을 맛보았을 때 받은 충격이 아직도 기억에 생생하다. 발효 시간이 그리 길지도 않았고, 사워도우를 사용하지 않았음에도 빵은 강렬했다. 오븐에서 갓 나온 뤼스틱은 타닥타닥 경쾌한 소리를 냈다. 잘 구운 바게트가 내는 그런 소리 말이다. 진한 황금색의 크러스트의 색은 빵을 보는 순간 군침이 돌게 만들었다. 밀의 고소함과 잘 구운 크러스트의 바삭함과 구수함이 인상적이었다. 사워도우 빵만이 최선이라는 나의 편견은 이 빵으로 인해 단숨에 물거품처럼 사라졌다.

빵집을 연 첫 날부터 이 빵을 구웠다. 매일 빵을 구우며 나는 도시오 선생의 뤼스틱에 도전했다. 번번이 실패였다. 내가 쓰고 있던 밀가루도 문제였고 빵을 다루는 나의 기술도 문제였다. 도시오 선생은 일본 최대 제분사인 Nissin제분에서 생산한 리스도르라는 밀가루로 뤼스틱을 구웠다. 리스도르는 프랑스빵에 최적화된 프랑스빵 전용 밀가루이다. 리스도르는 북미산 밀과 홋까이도산 밀을 블렌딩한다고 한다. 북미산 밀이 강력한 글루텐으로 빵의 뼈대를 만들고 홋카이도산밀이 빵에 풍미를 더하는 역할을 한다. 나는 금강밀과 앉은뱅이밀을 섞어 쓴다. 내 뤼스틱에서는 금강밀이 북미산밀, 앉은뱅이밀이 홋카이도산 밀의 역할을 한다. 금강밀이 우리밀 중에선 그나마 글루텐 함량이 높은 편이긴 하나 북미산 밀을 따라갈 수는 없었다. 그럼에도 불구하고 도시오 선생 따라잡기는 매일 이어졌고, 어느 순간 선생과 비슷한 빵을 구울 수 있었다.

곡물호밀빵

스뫼르브뢰드로 전세계 미식가들의 관심을 받고 있는 오만스 델리의 호밀빵에서 영감을 받아 탄생한 덴마크식 호밀빵이다. 호밀빵은 호밀 특유의 향 탓에 익숙해지기가 쉽지 않다. 하지만 이 호밀빵은 빵에 박혀 있는 해바라기씨, 호박씨, 귀리의 고소함이 있어 호밀 향을 어느 정도 가려주어 호밀 빵 초보자가 접근하기 괜찮은 빵이다.

곡물호밀빵은 잘 발효되어 시큼한 맛과 향이 나는 호밀 사워도우로 발효한다. 반죽에 들어 있는 IDY(인스턴트 드라이 이스트, Instant Dry Yeast)는 빵을 부풀리는 역할을 위해 넣었지만, 빵의 발효 풍미에는 영향을 주지 않는다. 빵 반죽의 발효시간을 짧게 하여 호밀 특유의 시큼함을 줄였다.

바게트 그레치카

러시아 여행중 모스크바의 볼콘스키(Volkonsky)에서 만난 바게트 폴린이 바게트 그레치카의 원형이다. 볼콘스키는 프랑스의 전설적인 베이커 에릭 케제르(Eric Kayser)가 러시아권 공략을 위해 만든 베이커리 브랜드이고, 바게트 폴린은 메밀이 들어간 바게트이다. 러시아인들은 밀 또는 호밀만큼 메밀을 많이 먹는다. 바게트 폴린은 에릭 케제르가 러시아인들에게 헌정하는 빵이라고 생각한다. 러시아 여행에서 돌아온 후 바게트 폴린을 모티브로 메밀 바게트를 만들었고 바게트 그레치카라는 이름을 붙였다. 그레치카는 러시아어로 메밀이라는 뜻이다.

메밀은 밀가루에 비해 물을 더 많이 흡수한다. 바게트 그레치카의 수분율이 78%로 높은 이유이다. 바게트의 수분율은 대개 68% 수준이니 바게트 그레치카의 수분율은 대단히 높다. 메밀가루의 비율이 단지 10%에 불과함에도 말이다.

레드파이프 통밀빵

레드파이프(Red Fife)는 캐나다의 토종밀로 캐나다 땅에서 최초로 재배된 밀이다. 밀을 주식으로 먹던 유럽 사람들과 달리 북미 대륙의 원주민들의 주식은 옥수수였다. 19세기 말 유럽인들이 대규모 북미대륙으로 이주하기 전엔 북미 대륙에서는 밀이 없었다는 뜻이다. 지금 캐나다와 미국이 밀 수출 대국임을 고려하면 잘 믿기지 않는다.

19세기 말 유럽에서 캐나다로 이주한 데이비드 파이프(David Fife)라는 사람이 있었다. 그는 유럽에 있는 친척을 통해 밀 씨앗을 넘겨 받아 재배하기 시작하였고, 이 밀은 그의 이름을 붙여, '레드 파이프'라 불리게 되었다.

레드파이프 밀을 알게 된 건 국제슬로푸드협회의 '맛의 방주'를 통해서다. 국제슬로푸드협회에서는 보존가치가 있는 전통 음식과 종자를 보존하기 위해 맛의 방주라는 프로그램을 운영하고 있다. 우리 토종밀인 앉은뱅이밀이 등재되어 있는 맛의 방주 목록을 훑어보다 캐나다에서 등록한 레드파이프를 찾아냈다. 다양한 채널로 수소문한 끝에 2014년 가을 한줌의 레드파이프 씨앗이 내 손에 들어왔다. 4년간 증식을 거쳐 2018년 말 처음으로 이 밀로 빵을 굽게 되었다.

레드파이프 통밀빵에는 맷돌 제분기로 자가 직접 제분한 레드파이프 통밀가루와 금강밀 백밀을 블렌딩하였다. 잘 부푼 빵을 굽기 위해 맷돌 제분한 레드파이프 통밀가루는 체로 한번 쳐서 굵은 밀기울을 제거하였다. 걸러낸 밀기울은 오븐에 살짝 볶아, 빵 표면에 붙여 고소함을 더했다. 발효방법으로는 사워도우 발효가 아닌 이스트 발효를 선택했다. 사워도우 발효의 풍미가 레드파이프 밀의 훌륭한 풍미를 가리지 않도록 하기 위해서다.

잘 부풀어 폭신한 식감에 레드파이프 특유의 달콤함과 고소함 그리고 살짝 볶은 밀기울의 크런치함(바삭바삭함)과 고소함이 매력적인 빵이다.

Chapter 7

빵 플랫폼
'더베이킹랩'

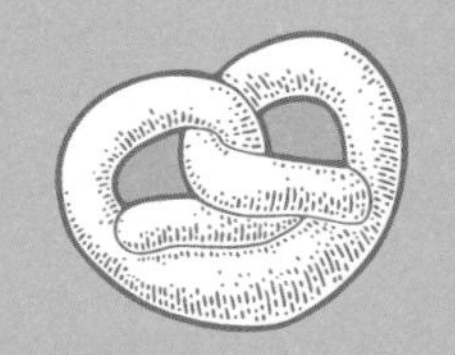

새로운 시도,
연결 플랫폼 '더베이킹랩'

빵집 운영은 생각보다 어려웠다. 매출은 기대치에 못 미치기 일쑤였고, 새벽부터 저녁까지 이어지는 장시간의 노동 또한 만만치 않았다. 들이는 노력과 시간에 비해 기대에 못 미치는 결과에 힘이 빠지고 있었다. 뭔가 돌파구가 필요했다.

더베이킹랩을 열었다. 이런저런 고민의 결과로 찾아낸 나름의 돌파구였다. 더베이킹랩 앞에 우리밀 베이킹 연구소라는 수식어도 붙였다. 우리밀과 우리밀로 굽는 빵에 대해 더 공부하고 그 공부의 결과물을 공유하는 공간을 만들고 싶었다.

미국 워싱턴주립대의 더브레드랩을 롤모델로 삼았다. 더브레드랩은 밀 육종학자인 존스(Jones) 박사가 운영하고 있는 곡물 연구기관이다. 그는 공룡 종자회사의 이익 극대화를 위해 일하는 대부분의 육종학자들과는 다른 길을 가고 있다. 수확량을 늘리기 위한 밀을 육종하기보다는 small grain, 즉 연구소가 위치한 스카깃 밸리의 농부들이 소규모로 재배할 밀을 육종한다. 자신의 팀이 육종한 밀의 특성 분석을 위한 실험실과 제빵 특성 분석을 위한 제빵실을 갖추고 있다. 분석 결과는 생산자인 밀 농부와 소비자인 제분업자, 베이커들과 공유한다. 이 정보를 바탕으로 농부들은 자신의 밀을 더 잘 이해하게 되고 농법을 개선하여 더 좋은 밀을 길러낸다. 제분업자와 베이커들도 이 정보의 수혜를 누린다. 최근 보리 소비 진작을 위해 몰트하우스도 추가하였다.

더브래드랩은 곡물을 중심으로 생산자와 소비자들을 묶는 일종의 플랫폼이다. 이 플랫폼을 통해 지역의 농부, 베이커, 맥아 생산자, 양조자들은 서로 소통하며 스카깃 밸리의 곡물 산업 발전을 위해 적극적으로 협력하고 있다. 워싱턴주 북서쪽의 조그만 카운티에 불과한 스카깃은 최근 미국 곡물 산업의 주목을 받고 있다. 모두 더브레드랩의 공이다.

더베이킹랩은 더브래드랩처럼 밀을 매개로 농부와 베이커를 잇는 플랫폼으로 만들고 싶었다. 비록 짧지만 그 동안의 빵 공부, 밀가루와 밀에 대한 연구, 홈베이커와 프로 베이커로서 해왔던 우리밀로 빵 굽기의 시행착오와 그 결과물을 공유하고 우리밀에 최적화된 빵과 제빵법을 소개하고자 했다. 특히 밀과 밀가루 특성, 제빵에 관한 이론적 연구에 집중하려고 했다.

더베이킹랩은 빵 테이스팅으로 그 문을 열었다. 밀 품종에 따른 빵의 차이를 확인하는 이벤트이다. 밀의 중요성을 오감으로 느낄 수 있도록 기획하였다.

토종밀,
고대밀 빵 테이스팅

사용하는 밀에 따라 빵이 달라질까?

밀과 밀가루를 공부하며 줄곧 품어왔던 의문이다. 제빵에서 밀가루가 중요하다는 사실을 깨닫게 된 후 밀과 밀가루 공부를 시작했다. 시중에 유통되는 밀가루는 대부분 아니 전부 육종한 밀을 제분한 밀가루라는 것을 알게 되었다. 육종으로 밀 소출은 늘었으나 밀 고유의 풍미를 잃게 되었다는 사실도 알게 되었다. 밀은 산업화된 농업으로 대량 생산되는 개성없는 일상재(commodity)가 되었다.

"밀가루만 다를 뿐인데 빵이 이렇게 달라지다니, 참 놀랍다. 굉장히 새롭고 좋은 경험이었다."

빵 테이스팅에 참가했던 많은 분들이 토종밀과 고대밀로 구운 빵을 맛보신 후 보인 반응이다. 토종밀, 고대밀 빵 테이스팅은 더 베이킹랩의 대표 프로그램, <빵톡: 우리밀과 빵 이야기> 시리즈의 첫번째 프로그램이다. 이 프로그램은 짧은 강의와 빵 테이스팅으로 구성되어 있다. 강의에서는 그간 밀에 대해 공부하면서 알게 된 내용들을 풀어놓는다. 베이커로서 밀에 관심을 갖게 된 내러티브(서사), 수입밀과 우리밀에 대한 담론, 토종밀과 고대밀이 보통의 밀과 다른 점, 직접 기르고 있는 밀 품종 소개, 우리밀의 제빵 특성 분석 결과, 마지막으로 우리밀이 나가야 할 방향에 대한 나의 생각으로 끝맺는다.

빵 테이스팅에서는 강의에서 소개한 다양한 밀로 구운 빵을 맛보며 평가표의 순서에 따라 각 빵의 모양, 풍미, 향 등을 평가한다. 밀가루에 따른 빵의 차이를 평가해 보는 것이다. 테이스팅에는 5가지의 밀가루를 주로 사용한다. 토종밀 2종, 고대밀 1종, 육종밀 1종, 그리고 수입밀 1종.

토종밀은 우리 나라의 토종 앉은뱅이밀과 캐나다 토종밀 레드파이프이다. 충남 청양과 공주에서 기르고 있는 토종밀로, 두 품종 모두 종자 보존의 가치를 인정받아 슬로푸드 맛의 방주에 등재되었다. 고대밀로는 스펠트를 선택하였다. 2018년 여름, 러시아 연수 때 바질리가 맷돌로 제분한 스펠트로 빵을 구웠는데, 그 넛티한 스펠트의 풍미가 아주 인상적이었다. 육종밀은 금강밀이다. 현재 우리나라에서 가장 많이 재배하고 있는 우리 밀 품종 중의 하나로 제빵성이 좋다. 수입밀은 유럽빵을 굽는 베이커들이 가장 많이 사용하는 프랑스의 T55 밀가루를 사용한다.

프로그램을 준비하며 여러 차례 테스트 베이킹을 했다. 발효법으로는 이스트 발효가 사워도우 발효보다 밀 본연의 향을 더 잘 표현할 수 있기에 이스트 발효를 선택했다. 제빵용 이스트는 아주 소량만을 사용하였다. 재료 비율과 제빵 공정을 동일하게 했음에도 오븐에서 나온 빵은 모두 달랐다. 봉긋하게 잘 부분 것부터 좀 납작한 것까지, 기공이 크게 열린 것부터 거의 없는 것까지, 풍미 또한 같은 것이 없었다. 총 4시간의 짧은 발효에도 불구하고 빵의 풍미가 대단하였다. 밀가루만 다를 뿐인데. 빵 하나하나에 코를 박고 밀과 발효의 향을 맡고 있노라면 참으로 행복했다.

여러 차례 빵 테이스팅을 열였다. 베이커들을 대상으로 열었고, 더베이킹랩 오픈 기념으로 음식 관련된 일을 하시는 분들을 초청하여 열기도 하였다.

베이커들이 참가한 행사에선 빵을 직접 구워 테이스팅 하였다. 밀가루, 물, 소금, 약간의 제빵용 이스트. 빵의 기본 재료만으로 굽는다. 이 레시피로 기본 재료만으로 구워도 밀가루만 좋으면 맛있고 개성 있는 빵을 구울 수 있다는 걸 보여주고 싶었다.

테이스팅은 블라인드이다. 밀 품종은 가려 놓았다. 5개의 쟁반에 담겨 있는 빵 앞에서 참가자들은 각자의 평가표를 들고 빵을 하나하나 요리조리 살피고 맛을 보며 평가를 하였다. 참가자들이 테이스팅에 얼마나 집중하는지 행사장이 조용해질 정도였다. 때로는 옆에 있는 참가자들과 토론을 벌이기도 했다. 테이스팅이 관능 평가이고 평가 지표 자체도 지극히 주관적인 것들이라서 평가가 어렵기는 하다. 하지만 참가자들이 어떤 빵을 선호하는지만 알아도 평가는 충분한 의미가 있다.

빵 테이스팅 프로그램은 6년 전 밀 종자를 들여올 때부터 생각하고 있던 것이다. 밀 육종은 밀 품종 하나하나가 가지고 있던 밀 고유의 풍미를 없애 버렸다. 육종의 최고 목표인 수확량 증대를 위해 밀의 풍미가 희생된 것이다. 밀 고유의 풍미가 궁금했던 나는 육종 이전의 밀을 찾아보자는 생각을 했다. 육종 이전의 밀인 토종밀과 육종밀을 만나게 되었다. 토종밀, 고대밀은 과연 밀 품종 하나하나가 서로 다른 맛을 가지고 있었다. 토종밀, 고대밀 빵 테이스팅 참가자들은 빵을 보고, 만지고, 냄새 맡고, 입안에서 오물거리며 그 사실을 직접 확인하고 놀라워했다. 이것이 빵 테이스팅 프로그램의 목표였다.

"같은 배합에 밀가루만 다를 뿐인데 맛이 이렇게 다르다는 게 놀랍다. 굉장히 새롭고 좋은 경험이었다."

"밀에 대해 진지하게 이론적 접근 경험을 하게 된 소중한 기회다. 밀 종류에 따른 빵 테이스팅도... 어디서도 경험하지 못할 재미있으면서도 실용적이고 학구적인 수업이었다."

우리밀 수확 축제,
밀밭으로부터

해마다 6월말이 되면 괜스레 맘이 바빠진다. 밀 수확철이 다가오기 때문이다. 밀밭은 황금색으로 익어가는 밀들로 넘실댄다. 밀밭은 잘 차려진 잔치상에서 삼시 세 끼 하는 참새들과 비둘기들의 즐거운 재잘거림이 가득하다. 이 불청객들에게서 밀알을 한 톨이라도 더 지켜내려면 수확을 서둘러야 한다. 남녘에서 전해져 오는 장맛비 소식 또한 농부의 맘을 급하게 한다.

밀 수확을 목전에 둔 밀 농부의 맘이 급한 것과는 다른 이유로 내 맘도 급해진다. 누렇게 잘 익어가는 밀밭을 많은 사람들에게 보여줄 밀 수확 축제를 열어야 하는 까닭이다. 우리밀 베이킹 연구소 더베이킹랩과 공주 버들방앗간의 황진웅 농부가 공동으로 개최하는 행사이다. 밀 수확 축제는 2019년이 두 번째이다. 2018년 밀 수확 축제는 일반 소비자들을 대상으로 한 밀 수확 체험과 빵 등 밀로 만든 요리를 먹는 행사였다. 반면 2019년 밀 수확 축제는 형식과 내용에 큰 변화가 있었다.

2019년 밀 수확 축제, 우리밀 길을 찾다

2019년 밀 수확 축제는 단순한 밀 수확 체험이 아닌 우리밀 산업의 발전 방향과 과제를 논의하는 자리로 만들고 싶었다. '우리밀 길을 찾다'라는 제목을 붙인 것도 이런 이유에서다.

2019년 밀 수확 축제는 전 년과는 여러모로 차이가 있다. 우선 형식을 밀 수확 체험에서 워크숍과 빵 테이스팅으로 바꾸었다. 워크숍은 4개의 주제 발표와 자유 토론으로 구성하였다. 축제 공동 주최자인 공주 버들방앗간의 황진웅 선생, 완주 대성팜 신도현 대표, 안동 맹개소주의 박성호 대표, 우리밀 베이킹 연구소 더베이킹랩의 대표인 내가 주제 발표를 하였다. 황진웅 선생은 우리밀 농사 이야기, 신도현 대표님은 밀가루 제분 이야기, 박성호 대표님은 직접 기른 밀로 소주 만드는 사례 발표, 나는 우리밀 특히 토종밀과 고대밀 품종 소개와 우리밀의 제빵 특성에 대해 발표하였다. 주제 토론이 끝난 후 참가자들 간의 자유토론이 이어졌다.

워크숍 중간 점심시간을 이용하여 식사를 겸한 빵 테이스팅을 진행했다. 공주 황진웅 선생이 기르고 있는 3종의 토종밀과 1종의 고대밀로 만든 시골빵을 맛보았다.

참가자에도 큰 변화가 있었다. 수확 축제 참가자를 우리밀 관련 일에 종사하는 사람들로 한정하였다. 일반 소비자를 대상으로 했던 이전 년도 축제에 비하면 근본적인 변화이다. 밀 농부, 제분업자, 프로 베이커, 홈 베이커, 빵 선생 등 우리밀과 관련된 일을 하고 있는 사람들과 농부시장 마르쉐 운영자, 슬로푸드 상생상회 매니저 등 로컬푸드 운동을 전개하고 있는 단체, 우리밀 관련 취재를 하는 기자들도 참가했다.

황진웅 농부의 논과 밭에는 4종의 밀이 자라고 있다. 우리 토종밀인 앉은뱅이밀, 캐나다 토종밀 레드 파이프, 프랑스 토종밀 보르도 레드, 그리고 고대밀인 스펠트다. 품종 하나하나가 재밌는 역사와 이야기가 있는 사랑스러운 밀들이다.

4가지 밀을 더베이킹랩에서 맷돌 제분기로 제분하여 통밀빵을 구웠다. 같은 배합, 같은 제빵 공정으로 만든 빵임에도 불구하고 4가지 빵은 서로 다른 식감과 풍미를 가지고 있다. 밀만 달라졌을 뿐인데 빵이 이렇게 다를 수 있다는 사실에 워크샵 참가자들 모두 한편으로 신기해하고 다른 한편으로는 놀라워했다.

"단순히 빵을 굽는 것을 넘어 밀에 대해 더 애정을 가지고 깊이 알고 싶다는 욕심이 생기게 하는 시간이었어요. 다양한 밀에 대해, 건강함에 대해 생각해 볼 수 있게 해 주셔서 고맙습니다."

우리밀,
아직 갈 길은 멀지만….

연간 밀 수입량 220만~240만 ton, 밀가루 수입량 6만 여ton, 그리고 우리밀 자급률 0.8%. 우리밀의 현실을 이보다 더 잘 설명하는 자료가 있을까. 미래에 대한 어떠한 희망도 발전 계기도 나에겐 잘 보이질 않는다. 라다크의 '오래된 미래' 같은 이상향과 아득함을 막연하게 제시하는 것 같다.

하지만 이런 어려운 현실 속에서도 올해에도 누군가는 우리밀을 수확하고, 제분하고, 누군가는 그 밀가루로 빵을 굽고, 또 다른 누군가는 소주를 빚을 것이다. 그리고 또 누군가는 그 밀과 밀가루와 빵과 소주가 소비되는데 도움을 주고자 시장을 열 것이다.

자유 토론에서 공기 중으로 퍼져나가던 어쩔 수 없는 것 아니냐, 그냥 감내하고 가야 하는 것 아니냐는 힘 빠지는 이야기들 속에서 난 오히려 그들의 강력한 의지와 미래를 읽을 수 있었다. 상황은 힘들지만 힘이 닿는 데까지 해나갈 것이라는, 멀리 가기 위해 서로 조금씩 양보하고 힘을 모아보자는….

그래 힘을 모아 보자. 그런데 어디에, 어떻게 모아야 하지….

신문에 나다

중앙일보 주말판에 《맛따라기》라는 칼럼이 있다. 맛 칼럼니스트 이택희 선생이 쓰는 미식 칼럼이다. 2019년 7월 맛따라기엔 “연봉 2억 CEO 박차고 나간 남자-빵에 빠지고 밀에 미쳤다”라는 다소 자극적인 제목의 특집 기사가 한 개 면에 걸쳐 실렸다. 나와 나의 우리밀 베이킹 연구소, 더베이킹랩에 대한 내용이었다.

기사에 소개된 것처럼, 이택희 선생은 1년간 나를 지켜 보셨다. 밀을 파종하고, 밀싹을 밟고, 수확하는 과정 하나하나를 지켜보고 있었다. 더베이킹랩 오픈 행사를 찾으셨고, 6월 공주에서 열었던 우리밀 수확 축제에는 사진 기자를 동행하고 오셔서 밀밭을 둘러보시고 워크숍 주제 발표와 토론에 귀를 기울이셨고, 여러 가지 밀로 구운 빵 테이스팅도 진지하게 하셨다.

1년 동안 선생을 여러 번 만났다. 빵집에선 빵에 대한 나의 철학을 물어 오셨고, 빵집 근처 식당에선 소주를 잔에 부어 주시며 나의 지난 삶에 대해서 물어보셨다. 그런 과정을 거쳐 나온 것이 이 기사이다.

신문 보도의 영향은 대단했다. 아침 7시부터 울리기 시작한 내 휴대전화는 저녁 늦게까지 울려 댔고 나의 블로그 조회수는 수천 건을 넘어섰다. 당시 열고 있던 우리밀 빵 클래스는 순식간에 정원이 찼다. 기사에 소개된 아쥬드블레는 아침 일찍부터 몰려든 인파로 몇 시간 만에 빵이 다 팔렸다는 소식을 전해왔다. 매진 행진은 한 달 넘게 이어졌다. 신문의 영향력은 대단했다.

마르쉐 햇밀장

마르쉐는 서울을, 아니 한국을 대표하는 농부장터이다. 농부장터는 농부들이 직접 재배한 농작물을 직접 판매하는 직거래 시장이다.

2017년 마르쉐를 처음 접했다. 명동성당 지하 상업 공간에서 열린 마르쉐, 재즈밴드가 연주하는 신나는 재즈를 배경으로 판매자와 소비자들의 유쾌한 인사와 흥정이 오가는 정겨운 광경이 아주 인상적이었다. 이런 장에 한 번 나가보는 것도 재미있겠다는 생각을 했다.

그로부터 일 년 후 나는 마르쉐에 셀러로 참가할 수 있었다. 황진웅 선생이 토종 곡식 공유 농업 파트너라는 이름으로 아쥬드블레를 초대했다. 이른 봄의 첫 참가, 추위에 떨며 빵을 팔던 기억, 다 팔리지 않은 빵을 챙겨 오며 느꼈던 씁쓸함이 아직도 생생하게 남아있다.

아쥬드블레는 7월 햇밀장을 기점으로 파일럿팀으로 마르쉐에 정기적으로 초청을 받았고, 2018년 마지막 장에서 정식팀이 되었다. 아쥬드블레가 마르쉐의 정식팀이 된 건 동업자의 노력 덕분이다. 사실 난 마르쉐 참가에 그리 적극적이지 않았다. 마르쉐 운영팀에서 참가 요청 메일이 와도 동업자에게 '형 맘대로 하세요'라며 시큰둥하게 반응했다. 남은 빵을 들고 돌아오며 들었던 첫 참가의 좌절감이 작용하고 있었는지도 모른다.

마르쉐에 참가하는 횟수가 늘어가면서 마르쉐가 점점 더 재미있어졌다. 장사가 점점 잘 되었다는 말이다. 장마다 빵을 사러 오시는 고정 고객이 늘어났고, 가끔은 판매대 앞에 줄이 생기기도 했다. 장이 끝나기 한참 전에 준비해 간 빵이 모두 매진되는 즐거운 경험도 했다. 마르쉐에선 우리가 굽는 우리밀 빵에 대한 반향을 느낄 수 있어 가슴이 설레었다. 양평동 골목 한 귀퉁이에 자리한 조그만 빵집에서 매일같이 느끼던 고독감, 메아리 없는 외침을 하고 있는 듯한 공허함과는 사뭇 다른 느낌이었다. 우리가 추구하던 우리밀과 건강한 빵에 대한 가치를 인정해 주는 고객을 만나는 건 즐거운 일이었다.

햇밀장이 열리는 7월의 마르쉐는 좀 더 특별하다. 햇밀장에선 밀과 빵이 장의 주인공이다. 햇밀장엔 우리밀 빵을 굽는 전국의 베이커들이 맞댄 매대 위에서 자신의 빵과 사연을 맘껏 이야기한다.

2018년 처음 마르쉐 햇밀장에 참가하며 장문의 소개글을 썼다.

토종밀의 맛과 풍미가 뛰어다는 것을 깨달았습니다.

건강한 빵을 만들어야겠다고 마음먹고 빵을 굽기 시작한 후 자연스럽게 빵의 가장 중요한 재료인 밀에 관심을 갖게 되었습니다. 시중에서 팔리는 밀가루는 수확량 증대만을 위해 육종된 현대 밀을 제분하여 만든 것으로 현대 밀은 밀 특유의 맛을 잃었고 그 밀로 만든 빵도 맛과 풍미가 없음을 알게 되었습니다. 이는 수입 밀뿐만 아니라 우리밀도 크게 다를 바 없었습니다. 이에 반해 토종밀과 고대밀은 밀 품종 고유의 맛과 풍미가 뛰어나다는 것을 앉은뱅이밀로 빵을 만들며 깨달았습니다. 토종밀에 대한 관심은 앉은뱅이밀을 넘어 외국의 토종밀과 고대밀로 확대되었습니다. 지금은 앉은뱅이밀뿐만 아니라 Red Fife, Turkey Red, Rouge de Bordeaux, Banatka 등 외국의 토종밀 품종과 Khorasan, Emmer 등 인류가 농경생활을 시작하면서 재배해온 고대밀 종자를 수집하여 직접 기르고 있습니다.

토종 농부 황진웅 선생이 공주에서 자연재배한 앉은뱅이밀을 주로 사용합니다. 빵에 따라 프랑스 밀과 터키산 유기농 밀을 블렌딩하여 사용합니다. 앉은뱅이밀은 유럽식 식사빵에 많이 사용하는 프랑스 밀에 비해 수분을 많이 흡수하여 수분율이 높은 빵을 만들 수 있고 풍미도 더 진합니다. 다만 글루텐의 질이 프랑스 밀에 떨어져 빵의 볼륨과 외양은 프랑스 밀로 만든 빵보다 못하다는 한계가 있습니다. 글루텐의 질과 양에 대해서는 아직 국내에 시험자료가 없기 때문에 올해 자료를 만들려고 합니다. 우리 땅에서 자라는 우리밀이라는 당위성이 아닌 맛과 풍미가 좋고 제빵성도 따라주는 밀과 빵으로의 방향 전환이 필요하다고 봅니다. 로컬푸드에 대한 관심이 높아지고 있긴 하지만 맛이나 다른 소구점(訴求點)이 없는 로컬푸드는 소비자의 관심을 받을 수 없습니다. 또한 우리나라 여러 지역의 밀로 빵을 만들어 본 결과, 같은 품종의 밀일지라도 재배지역에 따라 특성이 달라짐을 느꼈습니다. 따라서 지역의 환경에 맞는 밀 품종을 재배하는 것도 필요합니다.

햇밀은 신선함, 고마움, 새로운 도전입니다.

햇밀은 신선함입니다. 농작물은 잘 익은 것을 갓 수확했을 때 가장 신선하고 맛있습니다. 밀도 마찬가지입니다. 햇밀은 고마움입니다. 10월 파종한 밀은 발아해서 손가락 길이 정도로 자란 후 동면에 들어갑니다. 봄이 되어 기온이 올라가면 맹렬한 기세로 자라 5월 꽃이 피고 수정되어 6월 수확에 이릅니다. 밀을 파종한 작년 늦가을은 가을 가뭄이 유독 심했습니다. 그래서 땅 속에 들어간 알곡들의 발아율이 현저히 낮았습니다. 겨울 추위도 심해서 그나마 발아한 싹들도 많이 얼어 죽었습니다. 수확이나 제대로 할 수 있을까 걱

정스러웠습니다. 다행히 초봄에 비가 많이 내려 살아남은 싹들이 잘 자라주었고 수확량도 평년 수준은 되었습니다. 가을 가뭄과 강추위를 이겨내고 열매를 맺어준 밀들이 고마울 따름입니다.

햇밀은 새로운 도전입니다. 베이커들에게 밀가루를 바꾸는 건 크나큰 도전입니다. 밀가루의 특성에 따라 수분율, 반죽 정도 등 제빵 공정과 조건을 조정해야 하기 때문입니다. 이런 조정은 짧게는 2, 3일 길게는 일주일 이상의 테스트 베이킹을 필요로 합니다. 이 작업은 정상적인 빵 만들기와 병행해서 해야 하기 때문에 일선에 있는 베이커에게는 쉽지 않은 일입니다. 밀도 생명이다 보니 매년 기후에 따라 그 특성이 달라집니다. 대형 제분업자들은 그 특성의 변화를 다양한 첨가제와 블렌딩을 통해 조정하여 품질을 일정하게 할 수 있지만 우리밀을 제분하는 소규모 제분업자들은 그럴만한 능력도 데이터도 없습니다. 따라서 올해 햇밀로 만든 밀가루는 작년 것과 어떻게 다를지 알 수 없고 다만 테스트 베이킹을 통해 그 특성을 이해할 수밖에 없습니다. 그런 점에서 햇밀은 베이커에게 새로운 도전입니다.

잘 발효된 반죽의 향을 맡을 때, 잘 구워진 빵에서 버터향이 스며 나올 때 가장 행복합니다.

뤼스틱이라는 프랑스 빵이 아쥬드블레의 시그니처 빵입니

다. 프랑스 빵 연구에 평생을 바쳐온 일본의 빵 신 니헤이 도시오 선생으로부터 전수받은 빵입니다. 이 빵은 밀가루, 물, 소금, 극소량의 이스트만으로 만드는 빵입니다. 빵을 굽기 시작하면서 이스트로 만드는 빵은 맛이 없다, 건강한 빵이 아니다는 편견을 가지고 있었습니다. 하지만 이 빵 맛은 그런 생각을 한 순간에 날려 주었습니다. 이스트로 만든 빵도 훌륭한 풍미를 내는 멋진 빵이 될 수 있음을 깨닫게 해 준 빵입니다. 이스트로 만든 빵과 사워도우 빵은 각각 다른 특성과 매력을 지닌 빵이며, 이 둘을 적절하게 조합하여 자신만의 빵을 만들어 보라는 니헤이 도시오 선생의 한마디는 앞으로 쭉 화두로 삼고 살아갈 겁니다. 뤼스틱은 토종 농부 황진웅 선생의 앉은뱅이밀로 만들고 있습니다.

밀가루, 물, 소금, 르방(또는 소량의 이스트)으로 만드는 유럽식 식사빵은 담백합니다. 하지만 입안에서 오물거리며 오래 씹어보면 밀 향, 저온에서 긴 시간 동안 진행한 발효로 생성된 맛, 진하게 색을 낸 크러스트에서 일어난 마이야르 반응에 의한 향미 성분이 내는 맛 등 복합적인 맛들이 미각을 자극합니다. 앉은뱅이밀로 만든 빵은 빵을 다 삼킨 후 혀 뒤쪽으로부터 구수하고 진한 밀 향이 밀려 올라와 입안 가득 찹니다. 사워도우 빵은 좋은 버터와 꿀을 올려 드셔도 좋습니다. 천천히 맛을 음미하면서 드시길 권합니다.

앉은뱅이밀로 바게트, 퀴스틱, 사워도우 빵 등 린 브레드를 굽고 있습니다. 그리고 지금은 식빵, 단과자빵, 패이스트리, 브리오슈 등 버터나 설탕이 많이 들어간 리치 브레드를 굽는데 도전하고 있습니다. 식빵은 이미 방법을 찾았고 다른 리치 브레드들도 도전해보려고 합니다. 좋은 재료를 써서 특히 밀의 향을 유지하면서 장기 발효로 발효향을 극대화하는 것, 폭신하면서도 크러스트를 바삭하게 구워내는 것에 항상 힘을 기울이고 있습니다. 저온에서 장시간 발효한 반죽이 담긴 통을 열어 코를 박고 발효향을 맡을 때, 반죽이 오븐에 들어가 빵으로 구워지면서 내는 버터향이 오븐 밖으로 스며 나올 때가 가장 즐겁고 행복한 시간입니다.

아쥬드블레를 그만둔 후에도 햇밀장에 참가했다. 아쥬드블레가 아닌 더베이킹랩의 이름으로. 우리밀에 대한 나의 노력을 인정해 주시는 마르쉐 이보은 대표의 초대가 있었기에 가능한 일이었다.

소속이 아쥬드블레에서 더베이킹랩으로 바뀐 만큼 햇밀장에 참가하는 목적도 달랐다. 빵집 베이커로 참가하는 햇밀장은 1년 동안 구워온 우리밀 빵을 뽐내는 자리였다. 하지만 더베이킹랩 대표로서 나는 햇밀장에서 우리밀의 한계와 가능성 그리고 발전 방향에 대한 한층 깊은 논의에 불을 지피고 싶었다. 2019년엔 다양한 토종밀과 고대밀로 구운 빵 테이스팅과 함께 빵톡을 진행했다. 빵톡은 밀과 빵에 대한 다양한 이야기를 풀어내는 더베이킹랩의 인문학 강좌이다. 소규모로 진행된 빵톡에선 참가자들은 토종밀과 고대밀을 직접 만져보고 맛보았다. 그 밀로 만든 빵을 맛보는 시간도 가졌다. 비록 몇 명 되진 않지만 빵에 밀이 얼마나 지대한 영향을 주는지 오감으로 느낄 수 있는 시간이었다.

마르쉐 햇밀장은 매년 진화한다. 6회째를 맞는 2020년은 햇밀장의 진화하는 모습이 더 두드러진 한 해였다. 코로나 확산으로 한번 연기되기도 하였으며 행사 진행의 제한은 많았다. 하지만 그런 우여곡절 속에서도 마르쉐 운영팀의 우리밀에 대한 열정과 햇밀장에 쏟아부은 노력은 곳곳에서 빛을 발했다. 햇밀장에 참가한 셀러의 범주는 농부와 베이커에서 제분소로까지 확장되었다. 햇밀장 브로셔는 작년보다 더 두꺼워지고 내용은 더 충실해졌다. 갖가지 밀 품종이 전시된 전시대는 마치 예술 작품 같았다.

올해 햇밀장의 백미는 단연 '햇밀 대화 모임'이었다. 우리밀의 이해관계자들이 모두 모여 우리밀의 현황과 미래를 논의하는 장이다. 나는 '우리밀의 가능성과 발전방향'이라는 주제로 평소 내가 가지고 있던 생각들을 나누었다. 우리나라 밀 연구를 책임지고 있는 국립 식량과학원의 밀연구팀 팀장까지도 주제 발표에 참여할 정도로 햇밀장의 위상이 높아졌다.

짧지 않은 시간의 햇밀 대화 모임은 이해 관계자들 간의 견해

차이가 확연히 드러나는 장이었다. 농부는 농부대로, 제분소는 제분소대로, 베이커는 베이커대로, 농정 담당자는 농정 담당자대로, 나는 나대로의 입장과 견해를 밝혔다. 비록 모임 마지막에 토론 시간을 두었지만, 활발한 의견 교환이나 토의로 이어지진 못했다. 아직까지는 누구도 이렇게 해봅시다라는 실질적인 안을 낼 수 있는 조건에 이르지 못했기 때문이다.

자욱한 안개처럼 한 치 앞도 보이지 않는 우리밀이라는 길, 안개를 헤치고 한 발씩 앞으로 내딛는 마르쉐 햇밀장의 우직한 걸음걸음을 응원한다.

누군가 말했다. 빵은 인생과 같다고.

빵은 정말 그러했다. 빵 한 덩어리 한 덩어리가 나에겐 인생의 희로애락이었다. 잘 구워져 나온 빵을 보면 뛸 듯이 기뻤다. 빵이 그리도 사랑스러울 수가 없었다. 반면, 기대치에 못 미치는 빵이 오븐에서 나오는 날엔 온종일 우울했다. 그런 날엔 빵을 형편없게 구워낸 스스로에게 화가 났다. 하지만 좋든 싫든, 기쁘든 화가 나든 그런 감정을 추슬러야 했다. 나에겐 내일도 모레도 다시 구워내야 할 빵이 있기 때문이다.

그런 빵들로 내 인생의 지평은 넓어졌다. 밀 농사를 짓는 농부를 알게 되고 그를 통해 농사의 토대인 흙을 살리는 농사법을 배웠다. 그 덕에 내 작은 텃밭의 흙은 비옥한 검은 흙으로 다시 태어났고, 농사철 내내 아삭하고 본연의 맛이 풍부한 먹거리를 풍성하게 길러냈다. 텃밭은 또한 나에게 자연의 순환과 함께 하는 삶을 깨우쳐주었다. 빵을 통해 슬로푸드, 마르쉐, 토종씨앗박물관협의회 등 건강한 먹거리 생태계를 만들기 위해 노력하는 분들을 알게 되었다. 내가 그 분들로부터 배운 건 건강한 먹거리의 중요함 이상의 지구와 개인을 건강하게 만들어 줄 생태적인 삶이었다.

올해도 내 작은 밀밭에서는 다양한 품종의 고대밀과 호밀이 자라고 있다. 거실 한편에선 작년에 수확한 밀로 배양하고 있는 사워도우 스타터가 부풀었다 꺼지기를 반복하며 건강하게 살아가고 있다. 남녘에서 장마 소식이 전해져올 즈음 나는 밭으로 나가 잘 벼린 낫으로 황금빛으로 물든 밀을 벨 것이다. 잘 묶어 밭 한편에 세워 둔 밀 단이 마르면 바닥에 포장을 깔고 방망이로 콩콩 두드려 알곡을 털어낸다. 7월 초순의 뜨거운 햇볕에 이가 들어가지 않을 정도로 단단하게 밀알이 마르면 맷돌 제분기로 가루를 낸다. 가루가 된 밀, 물, 소금, 그리고 사워도우 스타터를 잘 섞어 발효시킨 후 오븐에 굽는다. 우리 집 거실은 오븐에서 뿜어져 나오는 햇밀 향으로 가득 찬다.

나는 오늘도 밀과 빵, 그리고 밀과 빵을 둘러싼 건강한 생태계를 꿈꾼다.

밀밭에서 빵을 굽다

-좌충우돌 빵덕후의 동네빵집 운영기

초판 1쇄 인쇄 | 2021년 4월 29일
초판 1쇄 발행 | 2021년 5월 20일

지은이 | 이성규
펴낸이 | 황윤억

주간 | 김순미 편집 | 황인재
디자인 | 스튜디오진진
경영지원 | 박진주

인쇄 | 우리피앤에스
주소 | 서울 서초구 남부순환로 333길 36 해원빌딩 4층
전자우편 | gold4271@naver.com 팩스 | 02-6120-0257
문의전화 | 02-6120-0258(편집), 02-6120-0259(마케팅)

발행처 | 인문공간/(주)에이치링크
출판신고 | 2020년 4월 20일 제2020-000078호

ISBN 979-11-971735-1-6 03800